NISHINO — the boy at the bottom of the school caste and also at the top of the underground
ぶんころり
ill. またのんき▼
西野
～学内カースト最下位にして
異能世界の少年～
NSN-12
12

常夏の国で、青春のきらめき――

「店を壊さないでとお願いしたの、
もう忘れてしまったのかしら？」

「悪いが、炎を扱うのは苦手なんだ」
「ですが、こっちの方が効率的です」

エクストリーム英会話
「動かないで！　手を上に上げる！」
Don't Move! Hold up!

「どうして日本人の子供が、拳銃なんか持ち歩いているの？」

Why would a Japanese Kid carry a handgun?

「すみません、ほすてーじって、どういう意味ですか？」

Excuse me, What do you mean "hostage"?

「……」

「私は間違えましたか？教えて下さい、ほすてーじ」

Was I wrong? Please teach me "hostage".

「今の貴方からしたら、とても縁遠い立場のことです」

That's a very far from where you are now.

「…申し訳ありません、どうして私が遠いのですか？ありがとう」

Excuse me, why do I far from? Thank you.

「……」

Nishino

NISHINO —
the boy at the bottom
of the school caste
and also at
the top of the
underground

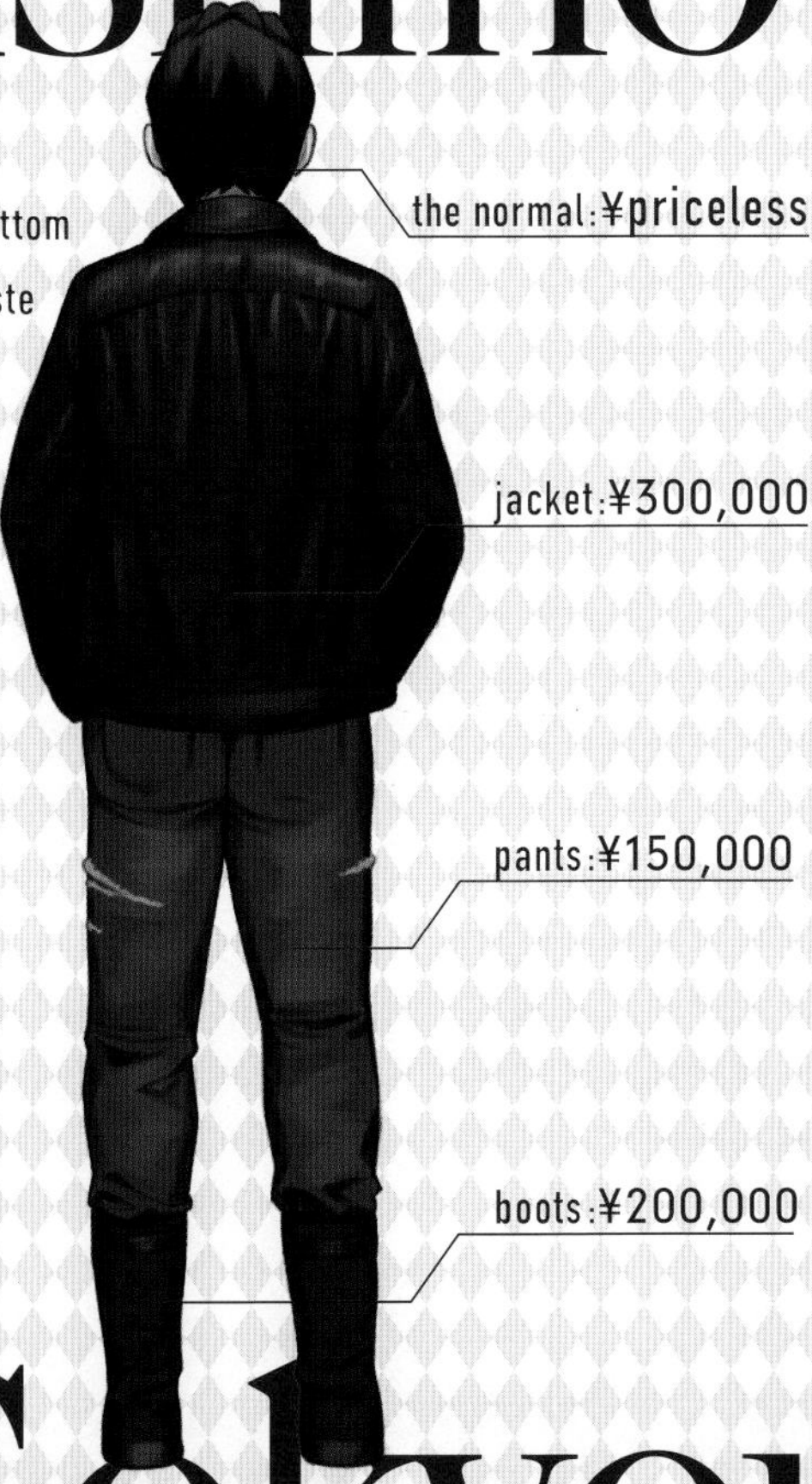

Gokyou

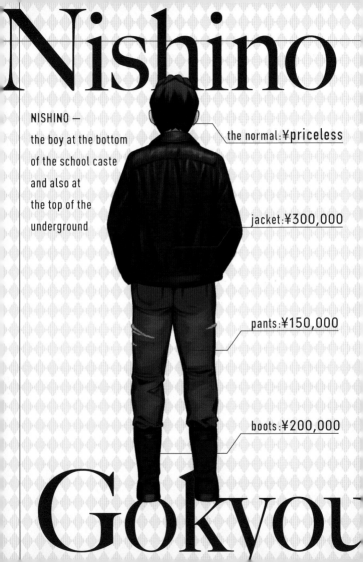

西野
～学内カースト最下位にして異能世界最強の少年～　12

ぶんころり

MF文庫J

contents

Nishino

The boy at the bottom of the school caste and also at the top of the underground

口絵・本文イラスト／またのんき▼

〈前巻のあらすじ〉

学内カーストの中間層、冴えない顔の高校生・西野五郷《にしのごきょう》は界隈《かいわい》随一の能力者である。普段は何の変哲もない公立高校に通いながら、その一方では裏社会に名を馳《は》せる優秀なエージェント。国内のみならず海を跨《また》いでも、彼の名は一目置かれていた。

しかし、その影響力も学内では響かない。依然としてカースト下層を抜け出せそうにない西野は、うだつの上がらない日々を送っていた。

そんな彼に声を掛けてきたのが、同じくカースト下層に転落した松浦《まつうら》さん。なんでも芸能事務所を紹介して欲しいのだという。彼女から相談を受けて、西野はクラスメイトをアイドルにするべく動き出した。

そして、こうなると黙っていられないのが、ここ最近フツメンのことが気になって仕方がない委員長である。なんだかんだと言い合っているうちに、彼女も松浦さんと共にアイドルを目指すことになった。

二人は西野の紹介を受けて、アイドル候補生となり芸能事務所に所属。

一連の経緯を確認したローズとガブリエラは、まさか大人しくしている筈《はず》もなく、彼女たちが入り込んだ事務所に向かった。するとそこにはお仕事に励む太郎助《たろうすけ》と、彼がプロデュースしているデビュー直前のアイドル候補生、来栖川《くるすがわ》アリスの姿があった。

そうこうしている間にも、事務所でのレッスンは進む。

日々を稽古に明け暮れる委員長と松浦《まつうら》さん。

彼女たちのマネージャーを自称し、その頑張りを陰から見守る西野《にしの》。

やがて訪れたのは、デビューを賭けたオーディション開催のお知らせ。

委員長と松浦さんもこれに参加して、デビューを目指すことになった。会場が用意された温泉宿では、歌唱力のテストから始まり、早押しクイズや水着審査、ゲーム大会など、様々な審査が実施された。二人は反発しつつも協力し合い、一緒にハードルを越えていく。

そうして迎えた後半戦、オーディション会場に来栖川《くるすがわ》アリスを狙う暴漢が現れた。ナイフやクロスボウを突きつけられた彼女は絶体絶命。現場に居合わせた委員長と松浦さんにも生命の危機が迫る。

すると、時を同じくして現れたのが西野。持ち前の異能力を駆使して、あっという間に暴漢を鎮圧した。継続が危ぶまれたオーディションは無事に再開。最終的に来栖川アリスの勝利で終えられた。また、事後には松浦さんにもデビューのお誘いが。

オーディションを終えた面々は、バスに乗り込んで帰路につく。その車内で話題に上がったのは、近々予定された西野たちの学校の修学旅行。フツメンは旅中の自由行動のグループ分けが、未《いま》だに決まっていないことを思い出した。

〈グループ分け〉

高校生活も折り返し地点を過ぎると、卒業に向けたイベントが増えてくる。

その中でも指折りのイベントといえば、修学旅行。

文化祭の支度で賑《にぎ》やかにしていたのも束《つか》の間《ま》のこと、気付けばいつの間にやら、その日程が迫っていた。四泊五日で行くグアム旅行。それが西野たちの学級に予定されている、今年度の修学旅行である。

今回が初めての海外旅行となる生徒もおり、荷支度の他にパスポートの取得など、準備の段階から話題に上ることも多かった。取り分けここ数日は、出発を目前に控えていることもあり、その傾向が顕著である。浮足立った生徒たちは誰もが楽しそうなものだ。

そうしたクラスメイトとは対照的に、浮かない面持ちの人物がいた。

「おはよう、今日もいい朝だ」

西野である。

教室を訪れた彼は、普段どおり御託を並べながら自席に向かう。

日課となった朝の挨拶運動である。

「人は過去に学ぶことができる生き物だ。それはつまり、過去を悔やむことができる生き物でもあるということ。学びと後悔は表裏一体、できることなら効率よく、的確に学びを拾い上げていきたいものだ」

若干の憂いが感じられる挨拶の出処《でどころ》は、教室が賑《にぎ》わっている理由と同じだ。

つい昨日にもローズやガブリエラ、太郎助《たろうすけ》まで巻き込んで騒動となった、松浦《まつうら》さんの金欠に端を発するアイドル候補生のオーディション。その帰りがけにフツメンは、修学旅行の自由行動におけるグループ分けの存在を思い出した。

二年A組でのグループ分けは完全に自由だった。

担任の大竹《おおたけ》先生が気を利かせた結果、好きな者同士で決めることになっていた。これといって全体で時間を設けることもなく、グループが決まったらその都度、先生の下に知らせに行くという段取りだ。

お前たちは高校生なんだから、それくらい自分たちで決めなさい、云々《うんぬん》。

名目上、生徒に対しては偉そうに語ってみせる大竹先生。教員歴の長い彼は知っていた。この手の作業を教師が先導すると、不利益を被った生徒の不満が自らに向かうことを。故に生徒へ丸投げである。

同時に、そうすることで教え子からの評価が上がることも理解していた。

しわ寄せが来るのは、自力でグループに所属できない一部の生徒である。こちらは自身が連れ回せばいいと考えていた。結果として女子生徒がやってきたのなら、とは多少なりとも期待してしまっている学年主任の思いだ。

そして、当時のシニカル野郎は、当然ながらニヒルを気取っていた。

別に欠席でも構わない、とかなんとか斜めに構えていた。

もちろんグループ分けなど眼中になかった。

こうした過去の過ちが、青春に飢えた昨今の童貞野郎に襲いかかる。

「…………」

自席に腰を落ち着けたフツメンは、一時間目の支度をしつつ思考を巡らせる。

グループ分け、どうしよう、と。

当然ながら既に生徒の大半はグループ形成を終えている。その只中《ただなか》に入っていくのは、なかなか難易度の高い行いだ。カースト上位の委員長であっても、リサちゃんのグループに交ぜてもらうには、それなりに躊躇《ちゅうちょ》していた。

学内カーストも底辺のフツメンともなれば、もはや夢物語である。

そうした彼の思いを知ってか知らずか、教室内からは声が響く。

「自由行動の予定、オマエらのグループどこ行くんだよ？」「ちょっと聞いてくれよ、生まれて初めてアロハシャツ買っちゃった」「現地で使う小遣い、二万で足りるよな？」「ねぇねぇ、向こうで着る服どんなの買った？」「推しのライブキャンセルして、当日の軍資金にしちゃったよぉ！」

修学旅行の日程こそ記憶にあっても、自由行動のグループ分けについては完全に失念していた西野《にしの》である。特にここ最近は身辺が忙しくあり、更には学外での出会いを求めて躍起となっていた為《ため》、学内の催しに意識を向けることが疎《おろそ》かになっていた。

このままでは大竹《おおたけ》先生とのグアム観光は免れない。

自業自得といえばそのとおり。

その事実を否定するような真似《まね》はしない。

しかし、高校生活の思い出を彩る貴重な機会、叶《かな》うことなら生徒同士で旅行を楽しみたいと、贅沢《ぜいたく》なことを考えているフツメンだ。卒業後も成人式などの折に、旅中の話題で盛り上がり、共に酒を酌み交わしたい、とかなんとか。

「そういえば西野って、誰と一緒のグループなんだ？」「オマエら、アイツに声かけた？」「っていうか、未《いま》だにグループ作れてないんじゃね？」「そういえば、委員長はリサちゃんたちと一緒らしいよ」「リサちゃんのグループ、マジ最強だよね」「竹内《たけうち》君のグループと一緒に行動するとか言ってたよ？」「え、それ本当に？」

自席に着いた西野に、チラリチラリと視線が向けられる。

小声でやり取りされる会話も、断片的に届けられた。

授業の支度を終えて手持ち無沙汰になったフツメンは、ズボンのポケットから端末を取り出し、ニュースサイトなどを巡って暇つぶし。手持ち無沙汰なまま、自席で静々と朝のホームルームが始まるのを待つ。

そうこうしていると、彼の席の正面に人の気配が生まれた。

ツカツカという足音が近づいてきて、真正面でピタリと止まる。

「西野君、ちょっといい？」

直後にはハッキリと、フツメンの名を呼ぶ声が響いた。

視線を上げると、そこには松浦《まつうら》さんが立っている。

「どうした？　松浦さん」

「西野君、昨日の帰りのバスから、ちょっと反応が悪いよね」

「そうだろうか？」

「っていうか、来栖川《くるすがわ》アリス相手に途中で口籠ってなかった？」

「…………」

フツメンの変化を目聡《めざと》く察していた松浦さんである。

一方、彼女の動きを目の当たりにして、教室内では喧騒《けんそう》が広がる。ここ最近、何かに付けて騒動を起こしている松浦さんだ。その歩みが同じく問題児である西野の下を訪れたとあらば、自《おの》ずとクラスメイトからは注目が集まった。

二つ隣の席ではご多分に漏れず、委員長も聞き耳を立てている。

「修学旅行のグループ、まだ決まってないんでしょ？」

「あぁ、残念ながらな」

「っていうか、何気ない返事がつぶさにキモいの本当にヤバいよね」

学内であっても、松浦《まつうら》さんは相変わらず容赦がない。

クラスの異性から面と向かってキモいと言われたのなら、それも冗談ではなく真顔で指摘を受けたのなら、多少なりとも凹《へこ》みそうなものである。事実、居合わせた生徒たちの間では、ざわざわとますます喧騒《けんそう》が広がり始めた。

けれど、西野《にしの》はこれに構った素振りもなく淡々と返事をする。

「何か用件だろうか？　なんなら場所を移して話を聞こう」

松浦さんの意向を測りかねたフツメンは、椅子から腰を上げんとする。

彼女との距離感も、ここ最近の交流からだいぶ掴《つか》み始めた彼だ。

すると先方から与えられたのは、予想だにしていなかったお誘いである。

「グループ、私と一緒に組まない？」

ジッと真正面から西野の目を見つめての問いかけ。

机に両手をついて前かがみとなり、持ち前の巨乳をアピール。

襟口の開けたシャツの胸元は大きく膨らみ、深い谷間が浮かんでいる。肌とシャツの間からは、派手な柄のブラが露骨にも窺《うかが》えた。わざわざ自席でボタンを一つ外してから、こちらに臨んだ彼女である。

松浦さんからすれば、西野の存在は金のなる木だ。

お股を開いて確保することに躊躇《ちゅうちょ》はない。

この機会に唾を付けておこうと考えた次第である。

「松浦さん、本気で言っているのか？」

「どうしてこんなことで嘘《うそ》を吐《つ》かなきゃいけないの？」

「…………」

他方、西野にとってはクラスを同じくする底辺カースト仲間だ。これまでの経緯から、異性として扱うことはせずとも、互いに上を目指して協力し合えるような間柄でありたいとは、常日頃から考えている。

少なくとも彼女のアイドルとしての成功を願うくらいには。

だからだろうか、その口からはお誘いを肯定するように声が漏れた。

「本当にいいのか？」

「こっちもグループ決まってなかったし、丁度いいっていうか？」

「……そうか」

女子生徒からすれば、共にクラスの底辺カースト。至らない者たちが互いに傷をなめ合うかのように映る光景だった。以前まで松浦さんの友人をしていた女子生徒たちも、ないわー、みたいな表情でこれを見つめている。

だがしかし、男子生徒からはちょっと違って見える光景だった。

何故《なぜ》ならば松浦《まつうら》さんは女子生徒だ。

しかも最近の彼女は、意外と見栄えがする。

それこそ芸能関係者から声を掛けられるほどには。

そして、大半の生徒は男女で分かれてグループを構成している。

その只中《ただなか》で異性と共にグループを形成せんとする西野《にしの》の存在は、これを眺めている男子生徒にとって、多少なりとも羨ましく感じられるものだった。カーストの上下はさておいて、相手は男好きする身体《からだ》つきの、可愛《かわい》い女の子。

しかも彼女は既に、竹内《たけうち》君や鈴木《すずき》君と一発ヤッている。

更に最近は制服の着こなしもギャルっぽく、大変エロい。

その事実が二人のやり取りを眺めた男子生徒一同の妄想を掻《か》き立《た》てる。取り分け特定の相手がいない、中層カースト以下からの反応は顕著である。もしかして松浦さん、西野にもヤらせてしまうのではなかろうか、云々《うんぬん》。

そうした憶測が二年A組の非モテたち間で、一瞬にして巡った。

だったら自分も松浦さんとヤりたい、とは彼らに共通した見解だ。彼女だったらワンチャンあるかも、などと考えてしまうのは、依然として先方が学内カーストの最下層に位置している為《ため》である。

「しかし、我々だけではグループにならないような気もするが」

「二人だけでもグループはグループでしょ？　私たちみたいな余りが出るのは、グループ作りを生徒に丸投げした大竹《おおたけ》の責任だし、これくらい妥協してくれなきゃおかしいじゃん。アイツには私から言っとくから」

女子と二人きりのグループ行動。

聞き耳を立てていた男子からすれば、とても羨ましいシチュエーション。

相手が松浦さんであったとしても、二人のやり取りを追いかけてしまうほどには興味を惹《ひ》かれる。前屈《まえかが》みになったことで、後ろに突き出された彼女のお尻。スカートの下に窺《うかが》える臀部《でんぶ》の膨らみが、俄然《がぜん》エロく見えてきた男子一同である。

しかもお誘いは女子の方から与えられたときたものだ。

手を伸ばせば届くかもしれない性交の機会。

それが目の前で成ろうとしている。

身近に垣間《かいま》見たエロスが二年A組の男子生徒たちを悶々《もんもん》とさせる。

ところで、こうなると黙ってはいられない女がいた。

そう、委員長である。

二つ隣の席で交わされるやり取りは、彼女の耳にも入っていた。

それはもう鮮明に一言一句逃すことなく、ガッツリと盗み聞いていた。

ちょっと気になるあんちくしょうが、いけ好かないクラスメイトに寝取られそうになっている。委員長の目には彼と彼女のやり取りが、そのように映った。松浦《まつうら》さんの腹黒さは、ここ数日で嫌というほど見せつけられてきた志水《しみず》である。

事実、バッチリと狙われているフツメンの童貞だ。

「…………」

修学旅行の只中《ただなか》、気分が高まった男女。

一歩を踏み出すには絶好の機会。

早々にも志水の頭の中は、アダルトな妄想で一杯になる。

これは彼女に限った話ではなく、同じように聞き耳を立てていた竹内《たけうち》君もまた、自然とフツメンの行く末を察した。曰《いわ》く、あ、これ西野《にしの》のやつ喰《く》われるわ、と。確信めいた思いが、過去の行為と共にイケメンの脳裏によぎる。

これだと決めた松浦さんは、ときに異性が引くほどドスケベだった。

「それじゃあ決まり。大竹《おおたけ》には私から伝えと……」

「ちょ、ちょっと待った、松浦さん！」

フツメンの席から踵《きびす》を返さんとした松浦さん。

時を同じくして、教室に声が響いた。

本人はそこまで大きな声を出したつもりはない。しかし、緊張していたからなのか、想像した以上にキレの良いサウンドが、教室の隅から隅まで届けられた。居合わせた生徒たちからは一様に注目が向かう。

自《おの》ずと各所でのお喋《しゃべ》りが収まり教室は静かになった。

「なに？　委員長」

「西野君と松浦さんが修学旅行のグループ分けからあぶれてるって本当？」

周囲からの視線に慌てつつも、志水は二人に語りかける。

先んじて答えたのは松浦さんだ。

「だったら何？　っていうか、私のことは昨日伝えなかったっけ？」

「そういうことだったら、わ、私も一緒のグループに入るわ！」

「はぁ？　どういう風の吹き回し？」

「クラスメイトが困っているなら放っておけないし、二年A組の委員長として、協力できることがあるなら、なるべく協力したいの。だから私も松浦さんと一緒に、大竹先生まで報告に行くわ。それじゃあ駄目かしら？」

委員長は一息に捲《まく》し立《た》てた。

彼女の冷静な部分が、止《や》めておきなさい、と警笛を鳴らす。だが、フツメンの面前に露出した松浦さんの上乳が、志水の背中を押していた。直近でも竹内君と鈴木《すずき》君、既に前科のある相手だからこそ、危機感を煽《あお》られた彼女だ。

一方で訴えられた側は、少しばかり考えたところで頷《うなず》いた。

「……まあ、いいけど？」

先週までの松浦《まつうら》さんであれば、即座に反発を見せただろう。

西野《にしの》をだしにして委員長をからかったに違いない。

だが、アイドルのオーディションを共にしたことで、多少なりとも志水《しみず》に友情を感じ始めた彼女は、先方の素っ頓狂な提案を受け入れることにした。ここ最近の委員長、試験の点数が奮っていないし、どうせ内申目当てでしょう、と。

委員長の仲良しグループが事前に瓦解していた点も誤解に拍車をかける。

また、志水が一緒になることで得られるメリットは多い。

少なくとも同じクラスの女子生徒からの風当たりは弱まることだろう。

「ごめん、リサ。せっかくリサのグループに入れてもらったのに」

「う、うん、それは別に構わないけど……」

リサちゃんとしては残念なお話だ。

依然として委員長に好意を抱いている彼女だからこそ、一緒に過ごす修学旅行はとても楽しみなものだった。より具体的に言えば、宿泊先のホテルで過ごすお風呂の時間、志水の裸体に期待してしまっている。

そして、委員長が手を挙げたとなると、他からも動きがあった。

「なぁ、そ、それだったら俺も……」

鈴木《すずき》君である。

片思いの相手と修学旅行を共にする絶好の機会だ。しかも、このまま放っておいたら、松浦さんも含めて両手に花となる西野。まさかそれだけは許せまいと、イケメンの口は衝動的に開いていた。

しかしその直前、彼の発言を遮るようにして、他所《よそ》から声が上がった。

「うぃーっす、おはよー」

教室前方のドア付近から、男子生徒の声が響いた。

今まさに登校してきた生徒、クラスの剽軽者《ひょうきんもの》こと荻野《おぎの》君だ。

朝のホームルーム前にしては、やたらと静かな教室内。居合わせたクラスメイトの眼差《まなざ》しが声の出処《でどころ》に向かう。彼は予期せず響いてしまった自らの挨拶を取り繕うよう、言葉を続けた。

「え、なにこの雰囲気。もしかしてまた何かあったの？」

「大したことじゃない。修学旅行のグループ分けでちょっと、な」

誰にも先んじて答えたのは西野だ。

最後の、な、の部分がクラスメイトをイラッとさせる。

会話も疎《まば》らな教室内、二人のやり取りは鮮明なものとして皆々の耳に届いた。

登校直後の荻野君は、修学旅行、グループ分け、というワードを確認して状況を探る。

西野《にしの》の近くには、共に席を立って彼に向かう委員長と松浦《まつうら》さんの姿があった。他の生徒はそうした三名に注目していると思われる。

ピリピリとした現場の雰囲気も、諸々《もろもろ》を察するのに一役買った。

「西野、もしかしてグループまだ決まってない？」

「届け出はまだ出していない」

問いかけに対する返事は、ドンピシャリであった。

剽軽者《ひょうきんもの》は早々にも、騒動の理由を把握した。西野の行く先を巡り、クラス内で押し付け合いが発生したに違いないと。実際には奪い合いな訳であるが、まさか目の前のフツメンが、ハーレムに片足を突っ込んでいるとは夢にも思わない。

そこで彼は一歩を踏み出すことにした。

「マジ？　だったら俺と一緒にグループ組まない？」

「……いいのか？」

「自分が今いるグループだけど、五人で組んでるから一人くらい抜けても大丈夫だと思うんだよな。あ、でも、俺と二人っきりが嫌だったら、無理にとは言わないけどさ。もしよかったら検討してくれよ」

予期せぬお誘いを受けて、西野は驚いた。

まさか荻野《おぎの》君から誘われるとは思わなかった彼だ。

「しかし、荻野君は……」

「前にアキバで西野に会ったこと、あったじゃん？」

「あぁ、あったな」

「あのときのやり取りで、なんつーか、割と救われたんだよな」

西野がガブリエラを秋葉原《あきはばら》まで強引にも誘い出したデート。その最中に顔を合わせていた二人である。フツメンにしてみれば、休日に偶然町中で出会ったに過ぎない。そう大した会話をした覚えもない。

だが、剽軽者には何かしら得るものがあったようだ。

クラス内では同日以来、彼が西野を茶化《ちゃか》すこともなくなった。

より正確には、剽軽者の剽軽が教室を賑《にぎ》わせる機会が段々と減ってきた。

「……そうか」

こうなると悦《よろこ》びが止まらないフツメンである。

打算計算から近づいてきた松浦さんとは異なり、純粋な好意から声を掛けてくれた剽軽者の存在は、二年A組ラブな西野にとって、非常に嬉《うれ》しいものだった。心の中に温かな物が広がっていくのを感じる。

普通の生徒なら、過去の怨恨を引きずりそうなものだ。

しかし、常日頃から皮肉と害意に揉《も》まれて育ったフツメンは、何ら応えていなかった。

ここぞとばかりに頭を下げてお願い申し上げる。これはいよいよ、修学旅行も楽しいものになりそうだぞ、云々《うんぬん》。

「すまないが、そういうことであれば是非ともお願いしたい」

「おう、んじゃ次の休み時間にでも大竹《おおたけ》のところ行くか」

「それと申し訳ないのだが、他に二人ほどグループのメンバーがいる」

「え？」

結果的に驚く羽目となるのが剽軽者《ひょうきんもの》だ。

続けられたフツメンの言葉を耳にして、言葉を失う。

「松浦《まつうら》さんと委員長も一緒のグループになる」

「…………」

松浦さんのみならず、委員長と荻野君《おぎの》を迎えて、途端に賑《にぎ》やかとなった西野《にしの》のグループである。フツメンが視線で指し示した先、彼女たちは荻野君を見つめて、各々対照的な挨拶を口にした。

「よ、よろしくね？　荻野君」

「まあ、荻野ならいいか」

剽軽者は志水《しみず》と松浦さんの姿を眺めて、ポカンと呆《ほう》ける他になかった。

なんでそうなるんだよ、と。

◇
◆
◇

修学旅行中に予定されている現地での自由行動。そのグループ分けで朝っぱらから賑やかにしていた同日の昼休み。委員長と松浦さん、剽軽者の三名は、昼食を食べ終えるや否や校舎の屋上に集まった。

最初に声を掛けたのは委員長だ。

他二名も思うところあってか、素直に従い足を運んだ。

気温も本格的に下がり始めた昨今、寒空の下に生徒の姿は三人のみ。

これを確認したところで、委員長が言った。

「違ってたらごめんだけど、荻野君って西野君のこと嫌ってなかった？」

教室では素直に迎合して見せた手前、それでも剽軽者と西野の間柄に疑問を抱かずにはいられない志水だった。過去には繰り返し後者をだしにして笑いを取ってきた前者である。また良からぬことを企《たくら》んでいるのでは、とは当然の思いだ。

そして、これは他の誰でもない、本人もまた理解していた。

「嫌ってたっていうか、一方的に利用してたっていうか……」

「あっ、別に荻野君のことを責めた訳じゃないよ？」

「だよねぇ？　そういう意味だと委員長の方が酷《ひど》かったし」

「っ……」

すかさず松浦《まつうら》さんから突っ込みが入った。

それは貴方《あなた》も同じじゃない、とは咄嗟《とっさ》に飲み込まれた一言だ。

その傍《かたわ》らでボソボソと、剽軽者《ひょうきんもの》は二人に語った。

「ただ、今回はそういうのじゃなくて、俺も西野《にしの》に対して思うところが出てきたって言うか、色々とあったんだよ。だから、もしもアイツが一人であぶれてるなら、一緒に回ろうかなって思ったんだけど」

「そ、そう……」

想像した以上に素直な荻野《おぎの》君の吐露を耳にして、委員長は驚いた。

二人の間で一体何があったのか、嫌でも疑問に感じてしまう。

同時にそうした思いは、剽軽者としても同じであった。

「っていうか、むしろ委員長や松浦さんこそどうして同じグループ？」

「っ……」

そのように言われると、困ってしまう志水《しみず》だ。

荻野君に当てはまるすべては、委員長にも当てはまった。むしろ、彼女の方が激しく西野を嫌悪してきた経緯がある。クラス内でもその傾向は顕著であった。クラスメイトの誰もが、衝突する二人を幾度となく見てきた。

「俺、てっきり西野がボッチかと思ってたんだけど」

「気が変わったなら抜けてもいいよ？　西野君の面倒は私が見るから」

「ちょっと松浦さん、そういう言い方はどうかと思うんだけど」

女子二人のやり取りを前にして、剽軽者は自らの耳を疑った。

これではむしろ、自分が想像していた状況とは真逆ではないかと。

自然と彼の口からは、確認の言葉が漏れていた。

「まさかとは思うけど、松浦さんって西野のこと好き？」

「はぁ？　そんな訳ないじゃん」

「いやでも、修学旅行は西野と同じグループなんだろ？」

「セフレや愛人みたいなものだと思っておけばいいと思うよ」

「せっ……!?」

歯《は》に衣着《きぬき》せぬ物言いを受けて、荻野君は絶句した。

委員長的にも聞き捨てならない発言である。

すぐさま確認の声が上がった。

「松浦さん、まさか西野君とヤッちゃったの？」

「気になる？」

「べ、別にっ？」

「冗談に決まってるじゃん。西野《にしの》君、あれ絶対に童貞だよね」

「…………」

どうやら二人をからかったらしい松浦《まつうら》さん。

けれど、そうして語る彼女の目が笑っていないことに、志水《しみず》は気付いた。こいつは放っておいたら絶対にヤるな、と確信を覚えた委員長である。素直に笑っている荻野《おぎの》君は、フツメンと同様、もれなく童貞だ。

「っていうか、そういう委員長の方こそ必死過ぎでしょ。リサちゃんのグループを断ってまで西野君の面倒を見始めるとか、そんなに成績が危ないわけ？　いい加減、志望校のレベル落としたら？」

「っ……わ、私がどこの大学を受けようと私の勝手でしょ？」

成績をディスられてイラッとした反面、内心ホッと胸を撫《な》で下《お》ろす。

西野のことが気になっている委員長だが、その事実を周囲に知られたのなら、それはそれで困ってしまう。今後の学校生活もどうなるか分かったものではない。一部では扱いに変化の見られるフツメンだが、学内での扱いは依然としてカースト最下層だ。

そうした感情を誤魔化《ごまか》す為《ため》の言い訳は、先方から与えられた。

私は西野君みたいにメンタル強くないし、とは彼女の素直な思いである。

彼が卒業するまで一人だったら、そのときは私が声を掛けようかな。好きな人がいるって言ってたけど、どうせ振られるでしょ。だけど、来栖川《くるすがわ》アリスっていう子は普通に告白していたわよね。云々《うんぬん》。

彼女の脳裏では西野との距離感について、悶々《もんもん》と思考が巡る。

そうして考え始めたところで、ふと志水は思い至った。

すべては西野のダンディー気取りが問題なのではなかろうかと。決してイケメンになれとは思わない。代わりにせめて他に人がいるときは、自らの顔面偏差値に見合った言動をしてくれたのなら、自身も歩み寄れるのにと。

そこで委員長は目の前の二人に対して、一歩踏み出してみることにした。

「西野君について、ちょっと提案があるんだけど」

「……提案？」

「この修学旅行で西野君のこと、真《ま》っ直《す》ぐにできないかな？」

「はぁ？　意味が分からないんだけど」

突拍子もない委員長の物言いに、松浦さんは顔を顰《しか》めた。

荻野君もキョトンとしている。

これに構わず、志水はつらつらと言葉を続ける。

「松浦さんが西野君のことをどう考えていたとしても、彼の言動がもう少しマシになることは、きっと悪くないことだと思うんだけど、どうかな？　荻野《おぎの》君も友達するなら、もう少しとっつきやすい方がいいよね？」

自らの思いはさておいて、二人の協力を仰ぐべく彼女は言う。

どうにかして西野《にしの》を教育できないものかと。

そうして考えたとき、修学旅行は絶好の機会に思えた。

「正直どうでもいいけど、いちいち苛《いら》つかずに済むのはいいかも」

「たしかに俺も、アイツの言動はちょっとどうかと思ってたけどさ……」

すると二人からは肯定的な返事が戻ってきた。

松浦《まつうら》さんと荻野君、共に西野とは交流のある面々である。これに自身を加えた三人から、あれやこれやと連日にわたって世話を焼かれたのなら、あの朴念仁にも少しくらい変化が見られるのではなかろうか。

そんなふうに考えたところで、志水《しみず》の胸中にやる気が灯《とも》った。

「よし、それじゃあ決定ね」

こうして委員長主導の下、有志による西野調教プロジェクトが始まった。

◇◆◇

同時刻、ところ変わってこちらは、昼休みの喧騒《けんそう》も遠く聞こえる校舎裏。

そこには互いに顔を向け合うローズとガブリエラの姿があった。

普段なら西野と共にランチタイムを過ごしているところ、お弁当の存在を引き合いに出した前者が、後者に声を掛けて用意した場である。西野君と顔を合わせる前に、確認しておきたいことがあるのよ、とのこと。

「お姉様、このような場所までやってきて、何を話すというのですか？」

「昨日の件、もう少し詳しく話を聞きたいのだけれど」

「彼が気になっていル人物であレば、既に知ラないと伝えました」

真面目な面持ちとなり問いかけるローズ。

これに答えるガブリエラの態度は素っ気ない。

それよりもお腹《なか》が減っているガブちゃんだ。

視線はお姉様が手に下げた、お弁当の包みに向けられている。

「せっかくのお昼休みです、昼食のついでに本人に尋ねたラどうですか？」

「素直に答えてくれるようなら、貴方《あなた》に尋ねるような真似《まね》はしないわ。それよりも貴方のほうこそ、彼と付き合うだなんだと言っていたのに、気にならないの？　もしかして、飽きてしまったのかしら」

「そうは言っていません」

西野《にしの》に対しては、昨日にも確認を入れているローズだ。

曰《いわ》く、周囲に知られては本人の迷惑になるからな、とかなんとか、一方的にはぐらかされてしまった次第である。実際にその通りな訳ではあるが、こういうときに限って的確に空気を読んでみせるフツメンには、彼女も苦労を強いられている。

「それにしてはここのところ、随分と大人しくしているわよね？」

「彼はお姉様のように弱くはありません。力尽くで従えルことも不可能です」

「もしも貴方《あなた》のほうが強かったら、力尽くで押し倒していたのかしら？」

「そうですね。その可能性は決して低くないと思います」

過去、自らに対してそうであったように、無理矢理《むりやり》にでも対象を捕縛、ベッドに縛り付けてでも楽しむガブリエラの姿が、ローズの脳裏には浮かぶ。同じようなことを幾度となく検討してきた彼女だからこその想像だ。

その苛立《いらだ》たしい絵面を意識の隅に追いやりつつ、彼女は言葉を続ける。

「もし仮に問題の相手が学内にいるとすれば、女に飢えた西野君が、修学旅行という機会を逃すとは思えないわ。わざわざ本人に確認するまでもなく、軽く様子を見る程度でも、色々と分かると思うのだけれど」

「お姉様は相手が学内にいルと考えていルのですか？」

「確信を持っている訳ではないわ。けれど、今回の旅行中に反応が見られなかったら、目の届く範囲にはいないと判断できるでしょう？　いずれにせよ注意して見ることには意味があると思うのよね」

「それもそうですね……」

「という訳で相談なのだけれど、手伝いを頼めないかしら？」

普段の彼女なら、誰に何を言うまでもなく独断専行していただろう。

けれど、今回ばかりはガブリエラに協力を願ってみせる。

アイドルのオーディションと前後して、来栖川《くるすがわ》アリスから受けた告白。これを即座に断った西野の姿を確認して、焦りを覚えている金髪ロリータだった。これまでのフツメンとは、どこか様子が違っていると、彼女も気付いたようである。

まさか委員長の痴態を目撃した為《ため》だとは思わない。

「分かりました、旅行中に彼の同行を探ルとしましょう」

「くれぐれも本人に悟られることがないようにね」

「大丈夫です、任せて下さい」

そうしてガブリエラが頷《うなず》いた直後の出来事である。

ローズのスカートのポケットで、端末がブブブと震え始めた。

どうやら通話の呼び出しのようだ。

彼女はガブちゃんに断りを入れて、これに手を伸ばす。

ディスプレイに表示された名前は彼女の上司のものである。

「なにかしら？　フランシスカ」

『今そっちは昼休みよね？　少し話したいのだけれど』

「ええ、そうよ。このまま続けてくれて構わないわ」

すぐ正面にガブリエラを眺めたまま、ローズは通話を続ける。

他の生徒ならいざ知らず、目の前の人物であれば、わざわざ場所を変える必要もないだろうとの判断だ。ガブちゃんがフランシスカに求めたのなら、同所で交わされたやり取りはすぐにでも伝えられることだろう。

『以前、貴方《あなた》から修学旅行の話を受けたでしょう？』

「まさか様子を見に来るなんて言わないわよね？」

『ローズちゃんには現地で一仕事、お願いしたいのよねぇ』

「…………」

今まさに旅中の予定を相談していたところ、とんだ横槍《よこやり》である。

電話を受けるも早々、彼女の眉間にはくしゃりとシワが寄った。

「せっかくの旅行に仕事をねじ込むなんて、野暮《やぼ》な保護者もいたものね」

『あらぁ、学生ごっこに感《かま》けて自身の立場を忘れてしまったのかしらぁ？』

「……さっさと説明を続けて頂戴」

不機嫌を隠そうともしないローズに、フランシスカは話を続ける。

その言葉に従えば、現地エージェントの手伝いとのこと。以前から進めていた仕事に滞りが見られる為《ため》、この機会にローズを利用することで、一息に終わらせてしまいたいとの相談であった。

部下からすれば、同僚の尻拭い以外の何物でもない。

「現地協力者のサポートは、貴方の仕事の範疇《はんちゅう》ではなかったかしら？」

『だからこうして、ローズちゃんにお願いしているんじゃないの。先方もまさか、学生の団体旅行に紛れて追加要員がやってくるとは、夢にも思わないでしょう。そう大した仕事ではないから、サクッと片付けて欲しいわ』

「旅中における【ノーマル】との関係改善も、重要な仕事だと思うのだけれど」

『詳しい情報は後で送るから、到着までに確認しておいて頂戴』

「ちょっとっ……！」

『それと貴方たちの住まいだけど、掃除が終わったからもう戻ってもいいわよ』

ローズは抵抗を試みるも、通話は一方的に切られて終わった。

彼女は耳元から下げた端末を忌々しげに睨《にら》みつける。

「オバサンからラ仕事の連絡ですか？」

「ええ、そうよ」

吐き捨てるように呟《つぶや》いて、ローズは端末をしまう。

一方でガブリエラは、ニコニコと笑みを浮かべて言った。

「そうなルとお姉様は、修学旅行はお留守番ということですね」

「勝手に決めつけないでもらえるかしら？　現地での仕事よ」

「なルほど、そうでしたか」

「今、どうして嬉《うれ》しそうな顔をしたの？」

「お姉様に邪魔さレず、彼と過ごす絶好の機会でしたからラ」

「………………」

嬉々《きき》として語るガブちゃんは、とても素直な性格の持ち主だ。

ローズの眉間に浮かんだシワは殊更に深まった。

相手が志水《しみず》であれば、腕を振り上げていたかもしれない。しかし、ガブリエラが相手では返り討ちに遭うのが落ち。憤怒を飲み込んだローズは彼女を伴い、ランチタイムを意中の彼と過ごすべく、校内に戻っていった。

◇◆◇

同日の放課後、西野《にしの》たちはここ数日の仮住まいであったホテルから、本来のホームであるシェアハウスに戻った。ローズがフランシスカから伝えられた通り、屋内は綺麗《きれい》に修繕されており、以前の騒動の痕跡はほとんど見られない。

割れてしまった窓ガラスや、宅内に散在していた弾痕は、どれも姿を消していた。一部では壁紙のデザインに若干の変化が見られるが、以前までとの違いは精々それくらい。屋上に付着した竹内《たけうち》君の毒もしっかり洗浄されたとのこと。

「ほんの数日ばかり留守にしただけではあるが、随分と久しぶりに感じるな」

二階のダイニングスペース、椅子に掛けた西野が言った。

対面にはローズ、隣にはガブリエラの姿もある。

「畳の部屋でゴロゴロするのに慣レると、ホテルのベッドは若干窮屈でした」

「貴方《あなた》、さっそく服にシワがよっているけれど、アイロンくらい掛けたら?」

「あレは面倒です。お姉様、代わりにやっておいてくレませんか?」

「どうして私が、貴方の服の面倒まで見なければならないのよ……」

時刻は日が落ちてしばらく経《た》った頃おい。

ダイニングテーブルにはローズが用意した夕食が並ぶ。

ホテルからの引っ越しに時間を取られたことも手伝い、碌《ろく》に下拵《したごしら》えもできていない手抜き料理なのだけれど、とは本人の言葉である。それでも湯気を上げる料理は大したもので、ガブちゃんなど嬉々として箸を進めている。

「ところで西野《にしの》君、貴方《あなた》に聞きたいことがあるのだけれども」

「なんだ？」

「学校では修学旅行がすぐそこまで迫っているでしょう？」

「ああ、それがどうした？」

「自由行動のグループ分け、ちゃんとクリアできたのかしら」

クラスメイトから総スカンを受けているフツメンだ。

まさかグループに入り込んでいるとは思わない。

陰キャのボッチ事情を話題に上げて、旅中のイニシアチブを握ろうというローズの算段であった。クラスこそ別々であるが、修学旅行の行き先は同じである。普段、学内で授業を受けているよりは、遥《はる》かに接点も増えることだろう。

けれど、そうした彼女の思惑は外れた。

「問題ない。無事にグループを組むことができた」

「あら、それはいつもの強がりではなくて？」

「このようなことで強がっても仕方があるまい？」

さも当然であるかのように、自らのグループ入りを語るフツメン。本日ギリギリになって決まった癖に、随分と偉そうな物言いだ。その余裕綽々《よゆうしゃくしゃく》とした姿を目の当たりにしたのなら、志水《しみず》たちも西野と合流した自らの判断に、苛立《いらだ》ちを覚えたことだろう。

ただ、事情を知らないローズとしては驚きの返答である。

「貴方を迎え入れてくれるなんて、奇特なクラスメイトもいたものね」

「そうだな、委員長たちには感謝しなければならない」

「っ……」

続けざまに与えられた返答を耳にして、ローズの顔が強張《こわば》った。

どうせ余り者同士でくっついたのでしょう。

そんな推測が、委員長たち、なるフレーズにより粉砕した。

「あ、あらぁ？　志水さんと一緒のグループなの？」

「彼女と松浦《まつうら》さん、それに荻野《おぎの》君が一緒のグループだ」

「…………」

余り者同士などとんでもない、男女混合のグループ編成だった。

こうなると彼女としても色々と考えてしまう。

何故《なぜ》、どうして、疑念が次から次へと湧いて出る。

これは聞き耳を立てていたガブリエラも同様であった。

料理の盛られたお皿から顔を上げて、隣の彼に語りかける。

「うち二人は昨日まで、行動を共にしていた面々ではありませんか？」

「ああ、そのとおりだ」

「彼女たちが貴方《あなた》の気になっているル人物、ということでしょうか？」

「さて、どうだろうな」

ガブちゃんから矢継ぎ早に質問が与えられた。

受け答えする西野《にしの》は平素からのシニカル気取り。

その手の装いには慣れがある彼だから、表情から真意を読み取ることは困難を極めた。僅かな変化も逃すまいと、フツメンの仏頂面を凝視しているローズも、判断材料を得ることはできない。

「同じクラスのリサという娘と親しくしているルとも噂《うわさ》に聞きました」

「たしかに彼女とは色々とあったな」

思わせぶりな態度が、これまた苛立《いらだ》たしい。

殊更に真意が見えてこない。

今この瞬間、ガールズトークのような真似《まね》など捨て置いて、イチャコラしたくて仕方がないローズとガブリエラだ。他方、問いかけられているフツメンは満更でもない。これはこれで青春っぽい、などと恋バナを楽しんでいる。

「勿体《もったい》ぶった物言いばかりしていると、女に嫌われるわよ？」

「ここのところ機会に恵まれている。バランスが取れて丁度いいかもしれん」

完全に調子に乗っている西野だった。

それでも彼がイケメンであったのなら、多少は様になったかもしれない。けれど、今の西野はどう足掻《あが》いてもフツメンだった。委員長が居合わせたのなら、ホスト騒動で稼いだポイントを大幅に下げたことだろう。

「随分と余裕があるのね？　先週までの貴方とは別人のようだわ」

「どこかで一発、ヤッて来たのではありませんか？」

シモネタも意外とイケるガブちゃんから、鋭い指摘が入った。

実際に致すまではせずとも、委員長の好意を一方的に認知しているフツメンだ。これが余裕に繋《つな》がっていることは間違いない。とはいえ、その事実は彼以外、フランシスカしか知らない。そして、後者に対しては口止めをしている西野だ。

「ノーコメントだ」

まさか事情がバレては格好がつかない。

童貞は話題を避けるよう、手元の食事に意識を移す。精々クールを装い、茶碗《ちゃわん》からご飯を口に運ぶ。カツオのお出汁《だし》がよく効いた炊き込みご飯は、料理人から手抜き料理と称された割に絶品だった。汁物の豚汁も堪《たま》らない。

「…………」

ローズとしては言語道断な展開である。

目の前の人物の初めては自身のモノだと訴えたくてならない。

けれど、この場で問いただすことは不可能だと判断したのだろう。追及の言葉は続けられなかった。そう、と短く頷《うなず》いて自らもまた食事に手を伸ばす。たぶん、まだヤッてはいないでしょう、とは直近のコメントに童貞の強がりを垣間見《かいまみ》た彼女の直感である。

代わりに西野《にしの》の身の回りで、数を増やすことになる監視カメラだ。

〈修学旅行　一〉

西野たちが自由行動のグループ分けに擦《す》った揉《も》んだしていたのも束《つか》の間《ま》のこと。あっという間に数日が過ぎて、修学旅行の当日がやってきた。天気は快晴、風も穏やかな絶好の旅行日和。ポカポカと暖かな陽気の只中《ただなか》、出発と相成った。

初日は空港に現地集合である。

事前に取り決められた場所には、既に生徒の姿が多数見られる。空港の広々とした旅客ターミナル内、いくつも並んだカウンターの内の一つ、団体向けの窓口の正面に私服姿の生徒たちが、大きな荷物と共に列を成している。

約束の時刻を目前に控えて、現場には既に生徒の大半が見られる。

待ちに待った修学旅行、誰もが楽しげに学友と言葉を交わす。カメラのシャッター音がそこかしこで響く。引率の教師も本日ばかりは、余程のことがない限りお咎《とが》めの声を上げることはしない。穏やかな面持ちで生徒を見守っている。

そうした只中、集合場所に現れた西野はグループの面々と合流した。

「皆、おはよう。これ以上ない好天でなによりだな」

現場には既に委員長、松浦《まつうら》さん、剽軽者《ひょうきんもの》の姿があった。

自由行動のグループとは銘打っているが、教師たちが事前に作成した旅行の案内に従えば、旅中ではなにかと同グループを最小単位として活動することになる。行き帰りの待ち時間など、その最たるものだった。

ちなみに班長を務めているのは志水《しみず》である。

彼女は特徴的な口調を耳にして、声が聞こえてきたほうを振り向く。グループのまとめ役として、班員が全員揃《そろ》ったことを確認の上、引率役である担任の下へ報告に向かう役割を仰せつかっていた。

「西野《にしの》君、こういう日くらい時間に余裕を持って行動したほうが……」

なかなか姿を見せなかったフツメンに対して、自然と非難の声が上がる。

けれど、それも先方の姿を視界に捉えたことで、続く言葉を失った。

原因は彼女たちの下に足を運んだ人物の格好だ。

中身は先日までと変わりのないフツメンである。それがダブルの革ジャンを着用の上、サングラスを掛けての登場だった。購入から間もないのか、生地は強張《こわば》っており衣服に着られている感が半端ない。

下にはダメージ加工の為《な》されたジーンズを穿《は》いており、足元は厳《いか》ついエンジニアブーツで固めている。これが一歩を歩む毎《ごと》にカツカツと鳴る。傍《かたわ》らに転がしているスーツケースも、ジュラルミンを思わせる金属製の無骨な代物だ。

「すまないな、委員長。時間に合わせて来たつもりだが、遅れただろうか？」

ホストクラブでの就業経験より、形から入ることの大切さを学んだフツメンだった。

意中の相手と共に過ごす修学旅行、精一杯におめかしした結果である。

お洒落《しゃれ》を意識したことのなかった陰キャが、初手で張り切り過ぎて空回り。これまでは止める人物がいたが、今回はそうした助言も皆無。しかも無駄に金銭的余裕があった為《ため》、行き着くところまで進んでしまったフツメンだ。

更にはローズが大絶賛したものだから、万全を期して出発してしまった。

志水《しみず》たちの西野《にしの》調教プロジェクトは、出発前から先方の圧倒的な存在感に困窮。

「委員長、これ本当に治せるの？」

「っ……」

早々、松浦《まつうら》さんからボソリと耳打ちが届けられた。

一瞥《いちべつ》して大きく自信を失った委員長である。

私たちはコレと一緒に行動しなければならないのかと。

剽軽者《ひょうきんもの》も、マジかよ、と言わんばかりの面持ちで彼を見つめている。

居合わせた他のグループの生徒たちからも、ジロジロと注目が向けられた。見ている方が恥ずかしい、といった感想がそこかしこから響く。それでいて本人はなんら気にした様子もないから大したものだ。

せめてもの抵抗に、志水は指摘の声を上げた。

「あの、西野君、どうしてサングラスなんかしてるの？」

「本日はいくぶんか日差しが強かったものでな」

「…………」

委員長はよく晴れた冬の空を恨んだ。

それでも彼女はめげない。

果敢にもサングラスと革ジャンで盛り上がる陰キャに挑む。

「西野君、これから私たちが行くグアムって、常夏の国なのよね？」

「そうだな。一年を通じて最高気温は三十度前後だ」

「だとしたら今着てる革ジャン、向こうじゃ暑いんじゃないかな？　空港内も空調が効いてるし、飛行機に乗る前に荷物に入れておいた方が、あっちに着いてから動きやすくていいと思うんだけど」

「あぁ、たしかに委員長の言う通りだろう」

班長からの指摘を受けて、フツメンはジャケットを脱ぎ始めた。

陰キャから革ジャンを引《ひ》っ剥《ぺ》がすことに成功した委員長である。

サングラスは勘弁しておいてやる、とは上手《うま》い説得が浮かばなかった彼女の胸中で呟《つぶや》かれた敗北宣言。隣のクラスにも同じようなことをしている生徒が一人いたので、こちらについては妥協することにした。

そうこうしているうちに、出発の時間がやってきた。

担任から生徒に搭乗券が配布される。

パスポートのチェックも合わせて行われた。

そこからチェックインカウンターで荷物の預け入れを行い、保安検査を受けてセキュリティゲートを越える。出国審査を終えたのなら、搭乗ゲートの並ぶエリアに抜けた。教師の指示に従い、所定のゲート前まで移動する。

これと前後して、剽軽者《ひょうきんもの》から西野《にしの》に声が掛かった。

「っていうか、西野は荷物を預けないの？」

「このサイズなら持ち込みも可能だ。問題ない」

「だけど、機内に持ち込んだら邪魔だろ？」

前者の指摘通り、後者の手には依然としてスーツケースが引かれている。一方で西野以外、同じグループの面々は誰もが荷物を預けたようだ。これは他のグループも同様で、生徒の大半が身軽になっていた。

「預け入れは迷子になる可能性がある。手元に持っておいた方がいい」

「そんなの可能性の上での話だろ？　気にしても仕方がなくない？」

「場所によっては決して馬鹿にならない。気にしてもなっていてな」

本人は実体験に基づく事実を語っているに過ぎない。おかげで癖になっていてな」

だが、講釈を受けた側からすれば、海外旅行通を装いイキっているようにしか見えないフツメンの言動だ。相手に悪意がないと理解していても、やはり苛立《いらだ》ってしまう。喉元まで上がってきた反発を飲み込んで、剽軽者はやり取りを継続。

「癖なら仕方がないけど、やり過ぎると周りから浮くし注意しろよ？」

「あぁ、そうだな。わざわざ気遣ってくれてありがとう、荻野《おぎの》君」

律儀にも西野矯正プロジェクトに従事する。

委員長からは、よくやった、と視線でグッジョブが届けられた。

◇
◆
◇

飛行機に搭乗してからは、取り立てて問題もなく時間が経過した。

成田《なりた》空港から目的地となるグアム国際空港までの直行便。

約四時間のフライトとなった。

その間、西野は席に着くや否や仮眠。慣れた様子で耳栓とアイマスクを着用の上、身体《からだ》を背もたれに預けているうちに到着していた。そのためグループを同じくする面々の被害はゼロ。穏やかにも空の旅は過ぎていった。

荻野君に限って言えば、むしろ役得である。委員長と松浦《まつうら》さん、女子二人とのお喋《しゃべ》りで過ごす往路。なんだかんだで見栄えする後者と、正真正銘、クラスでも評判の委員長。二人との距離感がグッと縮まった気がする剽軽者《ひょうきんもの》である。

しかし、幸福の只中《ただなか》にあった彼は、目的地では一変して絶望に落とされた。

「委員長、俺の荷物とか知らない？　いつまで経《た》っても来ないんだけど」

「えっ、もう何も流れてきてなくない？　見逃したとか？」

「見逃したにしても、また一周して戻ってくると思うんだけど……」

飛行機を降りてから入国審査場に移動。片言の英語と、想像した以上に通じた日本語を駆使して終えたイミグレーション。パスポートに入国スタンプを受けてホッと一息ついたのも僅かな間のこと。

預け入れた荷物の受け取りで問題は発生した。

剽軽者が預けたバッグが、いつまで経っても運ばれてこない。

遂《つい》にはコンベアの上に載せられていた荷がすべて捌《さば》けてしまった。

他の生徒たちは既に荷物を受け取り終えて、税関検査をパスしている。バゲージクレーム界隈《かいわい》に残っているのは西野《にしの》たちの班だけだ。不安そうな表情で荷受けのベルトコンベアを眺めている荻野《おぎの》君。その姿を確認してフツメンも彼の下に足を運んだ。

「どうしたんだ？　荻野君」

「いや、それが俺の荷物だけ運ばれてこなくって」

「他の人が間違えて持ってったんじゃないの？」

狼狽《うろた》える剽軽者を眺めて、松浦《まつうら》さんが言った。

直後には委員長から反論が上がる。

「でもそれだったら、間違えた人の荷物が残っているんじゃない？」

「だとしたら、故意にパクったとか？」

「これだけ学生がいる便に合わせて窃盗とか、いくらなんでもデメリットの方が大き過ぎない？　子供の荷物の中身なんてたかが知れてるでしょ。しかも治安が悪い国の空港ならまだしも、ここってグアムだし」

「委員長、思考が完全に盗む側の人なんですけど」

「っ……わ、私はただ一般論を言っただけだからっ！」

咄嗟《とっさ》にあれこれと考えてしまったのは、間違いなく西野の影響だ。

自らもその事実を理解して、大慌てで弁明を始める志水《しみず》。

一方で荻野君は顔色を悪くするばかり。

「マジか……」

「いずれにせよ、窓口でロストバゲージの手続きを進めよう」

狼狽える班員の傍《かたわ》ら、西野が呟《つぶや》いた。

その視線はフロアに併設されたカウンターに向かう。

直後には彼らの下へ担任の大竹《おおたけ》先生がやって来た。

待てど暮らせど、西野《にしの》たちの班が到着ロビーへ現れないことに、痺《しび》れを切らして確認に訪れたようだ。彼の説明に従えば、他の班はすべて手続きを終えているとのこと。これに委員長の口から、荻野《おぎの》君の荷物が行方不明であることが伝えられた。

彼女の報告を受けたことで、大竹先生の顔には焦りが浮かぶ。

「そ、そうか、それは大変なことになったな……」

「大竹先生、俺、どうしたらいいんですか？」

「………」

なんでも他のクラスは既にバスへ乗り込んで、宿泊先となるホテルに移動を始めているという。残っているのは二年A組のみ。そして、副担任は既に税関をパスして、生徒の誘導を行っているのだという。

つまり、唯一残された保護者が大竹先生だった。

しかしながら、先生は英語がからきしだった。

担当教科である数学は得意だが、語学は大の苦手である。

そうした彼の内面など露知らず、荻野君を筆頭として、生徒からは指示を仰ぐような眼差《まなざ》しが向けられる。修学旅行の選択肢に海外が入ったのは近年のこと、この手の実務に経験の浅い大竹先生は胃がキリキリと痛み始めた。

　これは面倒なことになったと、人知れずシャツの下で肌を汗ばませる。

　すると間髪を容《い》れずに与えられたのが、フツメンからの提案だった。

「大竹先生、提案があるのだが」

「あ、あぁ、なんだ？　西野」

「せっかくの修学旅行、クラスメイトに迷惑をかけることは避けたい。宿泊先のホテルは確認しているので、遺失物の手続きを終え次第、我々はタクシーで向かう。先生は他の班と共に、先に宿泊先へ移動していてはもらえないだろうか？」

　与えられたのは大変魅力的な提案だった。

　けれど、引率としてそれはどうなのかと自問自答。しかも彼は二年A組の担任であると同時に、学年主任という立場にあった。万が一問題が起こった場合、他の誰よりも率先して責任を取ることになる。

　だが、生徒の前で無様な姿を露呈することは避けたかった。

　比較的日本語が通じる場所柄とはいえ、手続きがすべて日本語で終えられるとも限らない。定型文が通用する入国審査や税関のチェックとは違い、荷物の迷子対応となると、日常会話レベルでのやり取りが想定される。

「…………」

　自然と右往左往する自らの姿が想像された大竹先生だ。

生徒からの失望は避けられない光景である。

ところで、修学旅行の期間中には、学生だけで町中を観光する自由行動も存在している。その日程が少しばかり前倒しになったと考えれば、あまり深刻に考える必要もないのではないか、と彼は考えた。

これが思いのほかストンと胸に落ちた。

時を同じくして、西野《にしの》からは背中を押すように声がかかる。

「なにより我々には委員長がいる。どうか信用して欲しい」

「……そ、そうだな」

大竹《おおたけ》先生は西野の提案に甘えることにした。

フツメンの言葉どおり、すぐ傍《かたわ》らには委員長の姿があった。

彼女が英語を得意としていることは先生も理解していた。しかも成績優秀で教師陣からの覚えも良い品行方正な生徒だ。

伊達《だて》に東京外国語大学を目指していない。

「…………」

勝手に担がれた志水《しみず》としては、甚だ不本意な文句である。

過去、サントリーニで世話になった経緯を思い起こしては、こういうのなら西野君の方が得意じゃないの、などと胸中で不満を漏らす。けれど、だからこそ敢《あ》えて反論を口にするような真似《まね》はしなかった。

大竹先生に任せるより、彼を頼った方が上手《うま》くいくだろうとの判断だ。

松浦《まつうら》さんもこれに倣う。

唯一、荻野《おぎの》君だけが縋《すが》るような眼差《まなざ》しを先生に向けた。

「あの、せ、先生……」

「それじゃあ悪いが、クラスの皆には先にホテルで待っていてもらおう。もしも何かあったら、すぐに先生のスマホへ連絡をいれてくれ。番号は旅行のしおりに書いてあるから、確認しなくても分かるだろう？」

「ああ、承知した」

フツメンが頷《うなず》くのを確認して、大竹先生は税関に向かい去っていく。

剽軽者《ひょうきんもの》は不安そうな面持ちでこれを見送る。

やがてその背中が見えなくなったあたりで、フツメンが言った。

「それじゃあ荻野君、さっさと手続きを終えてしまおう」

「ちょっと待ってくれよ、西野。まずは委員長に確認した方が……」

「大丈夫よ、荻野君。彼に任せておけばいいから」

「……それ、マジで言ってる？」

悔しそうな面持ちで頷いた志水に、剽軽者は首を傾《かし》げるばかりだった。

◇◆◇

大竹《おおたけ》先生と別れた西野《にしの》たちは、空港の遺失物取扱所を訪れた。

係員に確認してもらうも、残念ながら荻野《おぎの》君の荷物は見つからなかった。誤って他所《よそ》に回されたのではないか、との回答だけが返ってきた。これに荷物の紛失登録や、旅行保険の申請など細かな処理を窓口で済ませる。

一連のやり取りについては、丸っとフツメンが対応した。

大竹先生が恐れていたとおり、窓口での会話は英語だった。

他言語での対応は、中国語と韓国語が提案された。日本語によるオペレーションは、ここ数年で同国からの旅行者が減少していたこともあり、残念ながら対応可能なスタッフが本日は見られないとのこと。

流暢《りゅうちょう》な発音でネイティブの空港職員と話をする西野に剽軽者《ひょうきんもの》は驚愕《きょうがく》。以前、文化祭の準備に際しては、イタリア語がどうのと謳《うた》っていた彼に対して、茶々を入れていた荻野君である。過去の出来事を思い起こして、殊更に萎縮する羽目となった。

そうして必要な処理を終えたのが小一時間前のこと。

西野たちは空港からレンタカーに乗り込んで、タモン地区に移動した。

着替えや日用品など、失われてしまった荷物の代替品を購入する為《ため》である。

「西野君、マジ有能なんだけど」

ご機嫌なのは、松浦《まつうら》さんだ。

道路を走る車上から、グアムの町並みを眺めてフツメンを絶賛。

開放感のあるオープンルーフから吹き込む風に髪を揺らしている。

出発地と同様、現地もまたお日柄がよろしく、頭上には青々とした空が広がっている。燦々《さんさん》と降り注ぐ日差しは真夏日。これぞ南国のリゾート島、といった天候の下、交通量も疎《まば》らな広々とした道路を走るのは心地が良いものだ。

車内ラジオからは現地の番組が控えめに流れており、これが一層雰囲気を盛り上げる。

「っていうか、レンタカーなんて借りちゃって本当に大丈夫なのか？」

「ああ、ライセンスは本物だ。車両はホテルで乗り捨てれば問題ない」

「………………」

助手席に座った荻野君から、運転席に不安そうな眼差《まなざ》しが向けられる。

ハンドルを握っているのはフツメンだ。

彼が運転しているのは、前後に伸びたデザインが特徴的な、厳《いか》つい外車のオープンカー。映画やミュージックビデオの撮影などで利用されること度々の年代物を思わせるフォルムは、これがまた運転席に座った西野に似合っていない。

道行く人たちからも、なんだアレはと注目を浴びていた。

その後部座席には、委員長と松浦《まつうら》さんが並んでいる。

取り分け前者は、世間から与えられる視線に恥ずかしそうに。

「ねえ、どうしてこんな変なの借りたの？　天井もどっか行っちゃってるし」

「なんでも他所《よそ》で使わなくなった車両を試しに仕入れたとのことだ。このあたりの車貸しも生き残るのに必死なのだろう。この手の旧車は維持するだけでも大変だろうに、オーナーが手ずから整備しているそうだ」

「だから、お店の人の都合を聞いてるんじゃなくてっ！」

「えぇー、委員長なに言ってるの？　これ最高じゃん」

当初、レンタカーを借りようと提案したフツメンに対して、頑《かたく》なにタクシーでの移動を主張したのが委員長と荻野《おぎの》君。対して松浦さんは西野《にしの》に一票。普段なら多数決で敗北必至の彼が、珍しくも半々で拮抗《きっこう》。

数分ほどの問答の末、何店舗か回るなら車を借りたほうが安全かつ便利だ、との運転手の主張によって、彼らは自動車に揺られている。荻野君としては、自らの身の上が班員に迷惑を掛けている点も、一歩を引くのに影響した。

まさかオープンカーを借りてくるとは思わなかった面々である。

「西野君、このまま海まで行かない？　水着とか着たいんだけど」

「修学旅行のプランには、マリンスポーツの体験も入っている。海で遊ぶのは後日の楽しみに取っておこう。それにあまり回り道をしていると、宿泊先の夕食に遅れてしまう可能性も出てくるからな」

「えー、別にいいじゃん。その時は他所《よそ》で店に入ればさぁ」

「大竹《おおたけ》先生を待たせている手前、流石《さすが》にそれは申し訳ないだろう」

「私や委員長の水着姿、見たくないのぉ？」

「見たくないと言えば嘘《うそ》になるが、ここは委員長の顔を立てるべきだろう」

松浦さん、絶好調である。

初日から海外旅行を満喫だ。

ハンドルを握る西野も、満更ではない面持ちで車を転がしている。その顔には空港を訪れた当初、周囲から多大なる難色を受けたサングラスが光る。これがまた、南の島の強烈な日差しを遮るのに具合がいい。

路上を眺めれば、道行く観光客たちも似たような格好をしていた。

その事実を眺める委員長は複雑な面持ちである。

「委員長だって海、行きたいよね？　水着、着たいよね？」

「松浦さん、あまり羽目を外し過ぎるのはよくないわよ」

「せっかくの修学旅行なんだから、ちょっとくらい外した方がよくない？」

後部座席で賑《にぎ》やかにする女子生徒二人。

車上で今という瞬間を存分に楽しんでいるのが松浦《まつうら》さん。

恥ずかしさが先行して、素直に楽しめないのが委員長。

その傍《かたわ》らで神妙な面持ちとなった剽軽者《ひょうきんもの》が言った。

「なぁ、西野《にしの》」

「なんだ？　荻野《おぎの》君」

ハンドルを握ったまま、フツメンは正面を見つめつつの対応。

これに荻野君は、申し訳なさそうに言葉を続ける。

「出発の直前、偉そうなこと言って悪かった。ごめん」

「出発の直前？　なんのことだ？」

「いやほら、空港で荷物が迷子になるとか、そういう話のとき」

「あぁ……」

本人からすれば、何気ない日常のやり取り。偉そうなことを言われたという意識は微塵《みじん》もなかった。むしろ彼の方こそ、気を遣われたことに感謝の念を抱いていたほど。ぶっきらぼうなシニカルトークが常であるから、当然といえば当然の反応である。

「気にすることはない。この手の失敗は誰もが一度は経験するものだ」

「でも、かなり一方的に説教した気がするっていうか……」

「むしろ、学生のうちに経験できたことを喜んでおくべきだろう」

「…………」

西野調教プロジェクト、初手で見事に撃沈した荻野君だった。

逆に色々と学ぶ羽目になった形である。

そうこうしているうちに自動車はショッピングセンターに到着した。

シュンとしてしまった彼を気遣うように、フツメンは気取った態度で語る。

「さて、ショップに到着だ。荻野君のファッションショーといこう」

やたらと気取ったグラサン西野の物言いが、居合わせた面々をイラッとさせた。

◇◆◇

空港での荷物探しと、予期せず発生した町中での自由行動。

荻野君の買い物を終えた西野たちは、当初の予定通り宿泊先のホテルに向かった。気分を盛り上げた松浦さんが、熱心にお買い物を楽しんだことも手伝い、彼らが到着する頃には、既に夕食の時間が迫っていた。

大竹《おおたけ》先生にチェックインを知らせた面々は、部屋に荷物を放り込むや否や、本日の晩餐《ばんさん》会場となる食堂に向かった。ちなみにホテルの部屋割は男女別々、ツインルームを西野と荻野《おぎの》君、松浦《まつうら》さんと委員長で利用する形だ。

旅中お世話になる施設は、それなりに規模のある大きめのホテル。

夕食はバイキング形式。

席の決まりはなく、各々好きな者同士でテーブルを囲んでいる。

西野《にしの》が着いたテーブルには、グループを同じくする面々の姿が見られた。一足先に訪れた市内観光の影響から、フツメンに懐いた松浦さん。その存在を危惧した委員長。彼女たちに倣う形で剽軽者《ひょうきんもの》、といった塩梅《あんばい》だ。

これにローズとガブリエラが合流。

六人がけのテーブルを綺麗《きれい》に埋めての食卓となった。

「西野君、空港で問題が発生したと噂《うわさ》に聞いたのだけれど」

「あぁ、アンタたちが気にするほどのことじゃない」

「そう？　なにやら教員が賑《にぎ》やかにしていたものだから」

位置関係的には、西野の左右にローズとガブリエラが陣取った。残る三人はその正面に左から、剽軽者、松浦さん、委員長の順番で掛けている。隣接するテーブルには、リサちゃんのグループや竹内《たけうち》君のグループが見られた。

食堂全体を見渡しても、かなり華やかな一角となっている。

後者についてはローズやガブリエラ、委員長の存在が手伝っての配置だ。

おかげで西野や松浦さんは完全に浮いてしまっている。少なくとも他の生徒からすれば、どうしてあの二人が、と疑問に思わざるを得ない。けれど、当の本人たちは何ら気にした様子もなく食事を楽しんでいた。

「修学旅行の自由行動だけど、マジで西野君と組んで正解だったよ」

「松浦さん、だったかしら？　それはどういうことかしら？」

「え？　あぁ、見た目に反して意外とスペック高くない？」

「……ええ、その点は否定しないわ」

ご機嫌な松浦さんを眺めて、危機感を募らせるローズ。

また目の前の彼が他所《よそ》でフラグを立てたのかと、要らぬ心配をし始める。これまで碌《ろく》に絡みのなかった相手とあって、先方の発言の意図を測りかねているようだ。代わりにその視線は、事情を説明しなさいよ、と志水《しみず》に向けられる。

一方で我が道を行くのがガブちゃん。

「この料理、なかなか美味《おい》しいですね。おかわりを頂いて来ルとしましょう」

「あっ、ガブちゃん、それ美味しいよね！　私も取りに行こうと思ってたの」

「そうですか？　分かりました、一緒に取りに向かいましょう」

誰に言うでもなく呟《つぶや》いて、彼女はお皿を両手に席から立ち上がった。

その存在を利用して、ローズの下を脱さんとするのが委員長。

レンタカーで市内を走り回っている間にも、金髪ロリータから繰り返し通話の呼び出しを受けていた志水《しみず》である。応答するのが面倒で放置していたことも手伝い、この場でやり取りするのは具合がよろしくなかった。

時を同じくして、ウェイトレス姿の女性が彼らの下を訪れた。

年齢は西野《にしの》たちと大差ないくらい。

褐色の肌に黒い頭髪、明るい緑色の瞳をした可愛《かわい》らしい女の子だ。セルヴーズを思わせるモノトーンを基調としたユニフォームがよく似合っている。背丈は控えめ。胸周りも相応。けれど、腰のくびれや臀部《でんぶ》には女性としての魅力が感じられた。

正面にはボトルやサーバーの載せられたサービスワゴンを押している。

「ドリンク、いかがですか？」

どうやら飲み物を配って回っているようだ。

片言の日本語と共に、ワゴンに載せられた品々を示す。

これに対して、ローズから逃れるべく慌てて席を立った委員長。

勢いづいた彼女は、振り返りざまにウェイトレスに肩をぶつけてしまった。

「ご、ごめんなさい！」

前者が勢いづいていた為《ため》か、後者は大きくよろける羽目となった。

両手で押されていたサービスワゴンも一緒に揺れて、そこに載せられていた飲み物の収まるボトルやサーバーが、グラリと大きく傾いた。内一つが天板の縁から床に向かい、落下せんとする。

「っ……」

ウェイトレスの少女は大慌てでしゃがみ込み、これを両手でキャッチ。

ガラス製のボトルは、危ういところで床との追突を免れた。

しっかりと蓋がされていた為か、内容物が周囲に散らかることもない。

「ちょっと貴方《あなた》、何をやっているのかしら？」

即座にローズから非難の声が上がった。

私から逃げようとしているんじゃないわよ、と。

叱咤《しった》を受けた委員長は、今回ばかりはバツが悪いのかしゅんとした。相手が自分と大差ない年頃の女の子であると理解して、より一層申し訳なさそうな面持ちとなる。矢継ぎ早に繰り返されたのは謝罪の言葉だ。

「ごめんなさい、大丈夫ですか？　怪我《けが》とかしてませんか？」

ウェイトレスの彼女に繰り返し頭を下げる。

すぐ傍《かたわ》らではおしぼりを手に剽軽者《ひょうきんもの》が立ち上がった。周囲のテーブルからも、何がどうしたと視線が向けられる。数歩先ではお皿を手に歩み出したガブリエラも、後ろを振り返って様子を眺めていた。

自《おの》ずと西野《にしの》の注目も給仕姿の彼女に向かう。

テーブル越し、フツメンの目に入ったのはその股ぐらだ。

しゃがみ込んだことで、景気よく捲《めく》れ上がった制服のスカート。

裾からするりと顕《あらわ》になった太ももは、健康的な色気に溢《あふ》れていた。

「西野君、ああいうのが趣味なの？」

「あぁ、なかなか魅力的に感じられる」

西野の視線を確認して、松浦《まつうら》さんから野次《やじ》が上がった。

フツメンは狼狽《うろた》えることなく、飄々《ひょうひょう》と受け答え。

「っ……」

彼らの視線が自らの股ぐらに向かっていることを理解して、ウェイトレスの少女は大慌てで立ち上がった。手にしたボトルをワゴンの上に戻すと共に、捲れてしまったスカートをいそいそと元あった位置に整える。

付近の男子生徒一同は、急いで視線を明後日《あさって》な方向に向けた。

「申し訳ありません。申し訳ありません」

少女は委員長に繰り返しペコペコと頭を下げる。

続けられたのはイントネーションの崩れた片言の日本語。

そうかと思えば、すぐにテーブルから去っていく。

ガラガラとワゴンを転がしつつ、小さな背中は遠退《とおの》いていった。

「西野《にしの》君、逃げられちゃったみたいだけど」

「……そのようだな」

戯《おど》けるような態度でフツメンをからかう松浦《まつうら》さん。

彼はワゴンが物陰に隠れて見えなくなるまで、ジッとその姿を追っていた。

◇◆◇

修学旅行の醍醐味《だいごみ》と言えば、夕食を食べてから就寝までの自由時間だ。

これは男も女も、陽キャも陰キャも変わりない。

二年A組の面々も例に漏れず、初日の夜に思いを馳《は》せていた。

取り分け、学内カーストも上位層は期待が大きい。場合によってはワンチャン狙える彼ら彼女らだからこそ、夕食を終えてから以降は、男女でお互いに距離感を測るような気配が、そこかしこに感じられた。

当然ながら、この機会を逃す西野ではない。

やたらと青春っぽいイベントを迎えて、心を浮き立たせている。

志水《しみず》の痴態を目撃して以来、男ならドンと構えて告られるのを大人しく待つ、などとダンディズム溢《あふ》れる価値観を信仰する彼も、今回ばかりは何かしらイベントに参加できないものかと、周囲の動向に目を光らせていた。

できれば委員長と旅先での思い出を作りたい云々《うんぬん》。

「西野、お前はこれからどうする？」

夕食を終えて食堂から客室に戻ってからしばらく。

荻野《おぎの》君からフツメンに声が掛かった。

「そうだな……」

一切予定が無いにもかかわらず、勿体《もったい》ぶった素振りで悩んでみせる。

荷物の整理などを一通り終えて、手持ち無沙汰になった頃の会話だ。後はシャワーを浴びて寝るくらいしかやることがない西野。早い早いと生徒から不評であった所定の就眠時間までも、数時間の猶予がある。

「こっちは佐藤《さとう》の部屋に行って遊ぶつもりなんだけど、その、なんていうか、もしよかったらお前も一緒に来るか？　金子《かねこ》のヤツが麻雀《マージャン》を持ち込んでるみたいで、皆でやろうって話になってるんだけど」

まさかのお誘いである。

委員長とは違うが、これはこれで喜ばしい。

こうなると非常にちょろいフツメンだ。

「あぁ、そういうことであれば是非とも……」

即断、ご一緒させてもらうべく西野《にしの》は口を開いた。

そのセリフを遮るように、彼らの部屋のドアがノックされた。

コンコンコンという響きを受けて、二人の意識は部屋の外に向かう。

「西野君、いる？　いるよね？　どうせ今晩、ボッチだよね？」

間髪を容《い》れず届けられたのは、耳に覚えのある声色であった。

松浦《まつうら》さんである。

顔を見合わせた西野と荻野《おぎの》君。

より出入り口に近い位置に立っていた後者がドアを開けに向かう。

廊下には声色に違《たが》わない人物が立っていた。

「あ、荻野も一緒？　まあいいや、ちょっと失礼するよ」

「ちょっ……」

言うが早いか、松浦さんは勝手にズカズカと部屋に入ってきた。

驚いた剽軽者《ひょうきんもの》の脇を過ぎて、彼女の歩みは室内に向かう。

そして、ベッド脇に立ったフツメンの姿を確認して、声も大きく言った。

「やっぱりいるじゃん、流石《さすが》は西野君」

「どうした？　松浦さん」

彼女は二つ並んだベッドの一つ、西野の正面にドカッと座りこんだ。捲《めく》れ上がったスカートの裾から、太ももが大胆にも露出する。付け根まで顕《あらわ》となった肌色を眺めて、荻野君は思わず視線を奪われた。日中はずっと行動を共にしていたとはいえ、まさか男子の居室にまで現れるとは思わなかった彼だ。

そのシチュエーションに胸を高鳴らせる。

他方、彼女は彼に構うことなく、西野に語りかける。

「委員長、リサちゃんの部屋に行っちゃって、私もボッチなんだよね」

「他につるむ相手がいないのか？」

「普段の教室を見てれば分かるでしょ？　いちいち言わせないでよ」

「…………」

どうやら西野に絡みに来たようだった。

昼間のドライブも手伝い、フツメンに裃《かみしも》を脱いだ松浦さんである。先日にはアイドルデビューを巡り世話になったこともあって、コイツの近くにいるといい目を見られると理解したらしい。

西野に向かい座したベッドの上、股ぐらは無防備にオープン。初日の夜にワンチャン狙っているのは、彼女も例外ではなさそうだ。童貞好みの真っ白な下着が、これでもかと言うほどに彼の視界へ映り込む。

ちゃんとシャワーまで浴びてやってきた松浦《まつうら》さんである。

「西野《にしの》、あの、お、俺は先に行ってるから……」

彼女がやって来た意図を勘ぐり、剽軽者《ひょうきんもの》が口を開いた。

ここのところ何かと接点の増えた二人だ。学内では互いに似たような境遇にあることも手伝い、相応の交流があるのだろうとは容易に想像される。男同士で遊ぶより、その方が有意義だろうとは、同じく童貞である荻野《おぎの》君の判断だった。

男子一同には学内カーストとは別に、異性とヤッた数、質という、絶対のマウンティングが存在する。女子の彼氏自慢と同様、どれだけ多くの異性とヤッたか、どれだけ魅力的な相手とヤッたか、その程度が雄としての上下に影響する。

そして、ゼロとイチの差は果てしなく大きい。

昨今の松浦さんが相手であれば、かなり大きな一歩だ。

実際、竹内《たけうち》君と鈴木《すずき》君もヤッていた。

荻野君自身も羨ましく感じつつ、それでも一人部屋を出て行こうとする。

しかし、彼の発言は先程の西野と同様、室外からのノックに遮られた。

コンコンコンと軽い音が室内に響く。

松浦さんも含めて、三人の意識が廊下に向けられた。

続いて届けられたのは、これまた耳に覚えのある声色だ。

「こちラの部屋に西野五郷《ごきょう》が居ルと聞きました。居ますか？」

ガブリエラである。

出かかったセリフを飲み込んで、荻野君は部屋のドアを開く。

そこには皆々が想定した通りの人物が立っていた。

「ガ、ガブリエラさん、どうしたの？　西野に用事ッスか？」

「どうやラ、クラスの女子生徒かラ聞いた通リのようですね」

客室の奥、松浦さんと顔を合わせるフツメンの姿が、ガブリエラの目に入った。

西野たちからも僅かばかりの通路を越えて、廊下に立つ彼女が見える。

驚いた剽軽者の脇を過ぎて、ガブちゃんはスタスタと室内に入りこんだ。

その歩みはベッドの正面に立ったフツメンの下に真《ま》っ直《す》ぐ向かう。

「暇だったので遊びに来ました。就寝時間まで私の相手をして下さい」

「アンタ、ルームメイトはどうしたんだ？」

「お姉様はオバサンに頼まレてお使いに出掛けました」

西野のすぐ正面に立ったガブリエラは、彼を上目遣いで見つめて言った。

オバサンなる響きにフランシスカの存在を理解したフツメンは静々と一考。

アイツらは修学旅行先で何をしているのだと。

代わりに声を上げたのは、ベッドに座ってお股を開いている松浦さん。

「お使い？　知り合いにお土産を頼まれたとか？」

「まあ、そんなとこロです」

ガブリエラはこれ幸いと頷《うなず》いて、お姉様の事情を誤魔化《ごまか》す。

つい先刻には、貴方《あなた》も一緒に来なさいよ、などとローズから同行をせがまれていた彼女である。しかし、西野《にしの》が不在とあっては協力するメリットも薄く、お姉様一人で頑張って下さい、と送り出したガブちゃんだった。

フランシスカへ恨《うら》み辛《つら》みを吐き散らかしながら出立したお姉様である。

「しかし、相手をするも何も、ここには何もないが」

「クラスメイトからトランプを借りてきました。コレで一緒に遊びましょう」

「……用意がいいことだ」

本人の主張通り、ガブちゃんの手元には可愛《かわい》らしい犬柄のトランプ。

ただ、フツメンとしては荻野《おぎの》君の友達と共にする麻雀《マージャン》も捨てがたい。クラスの男子生徒と仲良くする絶好の機会である。今回の旅行を契機として、二年A組に居場所を得ることができたのなら、などと妄想して止《や》まないボッチだ。

そうして西野が悩んでいると、またも居室のドアがノックされた。

再三にわたる来客。これには剽軽者《ひょうきんもの》も驚いたように声を漏らした。

「ちょ、またかよ……」

今度は何だとばかり、その歩みが出入り口に向かう。

オートロックを解除して、ドアを廊下側に押し開いた。

「はいはい、どちらさま？」

「やっほー、荻野っち、元気してた？」

すると、そこにはリサちゃんの姿があった。

彼女の後ろには、竹内《たけうち》君と鈴木《すずき》君、更には委員長の姿も見られる。学年でもトップカーストに位置する面々だ。ここ最近は竹内君と絡む機会が増えた荻野君だが、プライベートな時間を共にするほどではない。

だからこそ、こうした状況で顔を合わせたことに驚きを隠せない。

「え、どうして……」

「ここにガブちゃんが居るって聞いたんだけど、マジかな？」

続けられた問いかけを受けて、彼は面々が訪れた理由を把握した。

直後にはガブリエラの姿を室内に確認して、リサちゃんから声が上がる。

「っていうか、普通にいるね！　ローズちゃんも一緒だったり？」

「荻野、悪いけど俺らもお邪魔していい？」

「べ、べつに構わないけど……」

竹内君から荻野君に確認が入った。

後者が頷《うなず》いたのを確認して、面々は客室に入っていく。

さして広くないツインルームの人口密度が一気に膨れ上がる。

旅中にワンチャン狙っているのは、なにも松浦《まつうら》さんばかりではない。竹内《たけうち》君も今回の旅行で、ローズやガブリエラとの接点を増やすべく意気込んでいた。これにリサちゃんが合流、それならと委員長や鈴木《すずき》君も足を運んだ次第だった。

「竹内君と鈴木が一緒とか、まさか乱交希望？」

「いやいや、そういうの無いから」

「っていうか、それもう勘弁してくれねぇ？」

「ガブリエラさん、そのトランプとても可愛《かわい》いわね」

「はい、クラスメイトに貸してもらいました」

それまでの静寂とは一変、西野《にしの》と剽軽者《ひょうきんもの》の部屋は途端に賑《にぎ》やかに。

リサちゃんたちの来訪にはフツメンも心を大きく動かされた。

より具体的には、委員長の姿に胸を高鳴らせている。彼女の姿を確認したことで、フツメンの脳内ではそろばんが弾《はじ》かれる。男子生徒との麻雀《マージャン》も捨てがたいが、委員長と共に過ごす時間もまた非常に魅力的なものだった。

結果、彼は早々にも居室に残ることを決めた。

自然とその意識はガブリエラが持ち込んだトランプに向かう。

「リサちゃん、これからトランプをしようと考えていたのだが……」

「トランプ？　ド定番だね！　いいじゃん、やろうやろう」

「そういうことであレば、何か賭けましょう。スリルが楽しめます」

「最下位は一番の指示したものを売店で買ってくる、とかどうかな？」

「竹内、それいいじゃん。俺らも差し入れとか持って来なかったからな」

ベッドを囲うようにして、皆々でキャッキャとし始める。

ホテルの一室に男女入り交じっての光景は、青春を絵に描いたかのようだ。しかも、現在進行形で修学旅行の只中《ただなか》と来たものだ。一部では意中の相手を巡り、視線が忙《せわ》しなく行き交っている。

フツメン史上、過去になく春が青い。

「荻野《おぎの》っち、トランプしないの？　それとも他に予定があるとか？」

「あっ、そ、それじゃあ、俺も皆と一緒させてもらえたら……」

客室の出入り口を振り返ったリサちゃんから、剽軽者に声が掛かった。

賑やかになった部屋の様子を眺めて、彼は自室で過ごすことを決める。

悪いな、佐藤《さとう》、金子《かねこ》。

誰に言うでもなく呟《つぶや》いて、荻野君は賑わいの輪に交じっていった。

〈修学旅行　二〉

修学旅行の二日目、午前中は現地の学校との交流が予定されていた。

ホテルで朝食を終えた生徒たちは、教師たちの指示に従ってバスに乗り込む。向かった先は現地の子供たちが通っている学校施設の一つ。そこで英語を利用した交流に臨む段取りとなっていた。

同じくらいの年頃の学生と簡単なゲームをしたり、お互い事前に支度をしていたパフォーマンスを披露したり。学習指導要領の学校行事に関する記述が示すところ、異なる文化に触れて色々と学ぶ算段である。

会場となったのは訪問先の学校の空き教室や体育館。

せっかく海外まで足を運んだのに、どうして学校なんかに行かなきゃならないの、とは事前にスケジュールを確認した時点で、多くの生徒から上がった不満である。それなら代わりに自由行動をさせてくれと。

だが、いざ交流に臨んでみれば、存外のこと賑《にぎ》わいが見られる。

そうして予定通りにカリキュラムを進めていた只中《ただなか》のこと。

「西野《にしの》、あの子って昨日、ホテルの食堂で会った子じゃないか？」

剽軽者《ひょうきんもの》がフツメンの肩を叩《たた》いて言った。

前者が視線で指し示す先には、西野も見覚えのある少女がいた。

荻野《おぎの》君の言う通り、昨日にもホテルの食堂でウェイトレスをしていた人物である。委員長と身体《からだ》をぶつけて、サービスワゴンからボトルを落としそうになっていたことは、彼も記憶に新しい出来事だ。

褐色の肌と艶やかな黒髪は、離れていても彼らの目を引いた。

ちなみに昨晩のトランプ大会は、学校側が指示したスケジュールに従い解散、大人しく床に就いた西野たちである。せめて初日くらいはちゃんと寝ておかないと、旅行の途中で体調を崩しかねないからと、委員長が仕切った成果となる。

おかげで面々は朝から元気いっぱいだ。

「あぁ、たしかにそのようだな」

「もしかして、この学校の生徒なのかな？」

「可能性は高いだろう」

彼女はフツメンたちとは離れたところで、他の生徒と交流していた。

現在は体育館で、両校から数名ずつ生徒を交ぜたグループを作り、両国の伝統的な遊びを共有して楽しむ、といったレクリエーションが行われている。西野たちのグループでは、ベイゴマが即席の土俵で争っていた。

現地での会話は基本的に英語である。

ただコマに紐《ひも》を巻き付けて引っ張るだけにもかかわらず、必要最低限の遊び方を提示するだけであっても、これがなかなか難易度が高い。

主に頑張っているのは委員長だ。一生日本語で生きると決めた松浦《まつうら》さんは、片言のフレーズであっても発声困難。更にはフツメンが空気を読んで傍観に徹していることも手伝い、志水《しみず》は四苦八苦していた。

「俺たちが泊まってるホテルでバイトしてたとか？」

「そうではないか？　狭い島だ、この手の偶然が重なることもある」

「ちょっと荻野《おぎの》君、ぼさっとしてないで手伝ってよ！」

「ご、ごめんっ……」

「すまない、委員長。よそ見をしてしまっていた」

「あっ、西野《にしの》君は大丈夫。私たちがやることなくなっちゃうし」

「………」

先方の反応は上々で、すぐにコマを回すのに夢中となり始めた。

以降、しばらくすると会場は自由時間。

皆さん好きなように交流を楽しんで下さい、とのこと。

会場には西野たちが持ち込んだベイゴマの他にも、様々な遊び道具が散見される。その各々に集まり、両校の生徒たちは賑《にぎ》やかにし始めた。校内には端末の持ち込みも許可されており、随所で写真を取る姿が見受けられる。

時を同じくして、西野たちの下にローズとガブリエラがやって来た。

「西野君のところはベイゴマなのね」

「知っているのか？」

「悪いかしら？」

「いいや、そうは言わないが……」

彼女たちの周りに、同じグループの生徒は見られない。

どうやら二人だけで抜け出して来たようだ。

「ちなみにアンタたちは何を持ち込んだんだ？」

「私たちのグループは、メンコというもので遊びました」

手にした丸い形のメンコを掲げて、ガブリエラが言った。

表面には歌舞伎さながらのデザインで描かれた武士のバストアップ。挑むような面持ちで日本刀を構えている。色合いもレトロなもので、草臥《くたび》れた紙質と相まっては、昭和の品を彷彿《ほうふつ》とさせる出来栄えだ。

「貴方《あなた》、それ持ってきちゃったの？」

「遊び道具を持ち込んだ本人から、一枚だけ貰《もら》いました」

譲り受けたメンコを掲げて、ニコニコと嬉《うれ》しそうなガブリエラ。

他方、ローズはそこまで興味もなさそうだ。

二人の並ぶ姿を眺めて、西野《にしの》はふと昨日のやり取りを思い起こした。それは彼と荻野《おぎの》君が宿泊しているホテルの客室を、一人で訪れたガブちゃんとの会話。珍しくもバラバラに動いていた彼女たちの動向である。

「そういえば、あの女のお使いとやらは終わったのか？」

「……いいえ、まだ終わっていないわ」

受け答えするローズの表情に、ほんの僅かではあるが、陰りが生まれた。

彼女らしからぬ反応を目の当たりにして、西野は疑問を覚える。

「何か問題でもあったのか？」

「…………」

続く反応も芳《かんば》しくない。

何かを口にしようとして、けれど、上手《うま》く言葉としてまとめることができなかったのか、一度は開きかけた口を閉じる羽目となる。その視線はフツメンから外れて、交流先の生徒と必死にコミュニケーションをとる委員長に向けられた。

実践的な英語を学ぶにはこれ以上ない機会だと、本日は朝から気合が入っている志水《しみず》だ。今も次々とやって来る現地の生徒たちを相手に、ベイゴマの回し方を一生懸命にレクチャーしている。紐《ひも》を巻く手際もだいぶ見られるようになってきた。

「仕事の不出来からラ、彼の同情を得ようと考えていルのですか？」

「失礼ね、そんなことしないわよ」

「だったラ、どうしたというのですか？」

ガブリエラからの追及に受け答えする態度も控えめなもの。

普段なら反論に合わせて、皮肉の一つでも添えていたことだろう。

そうした態度を目の当たりにしたことで、西野からも気遣いの声が漏れた。

「繰り返すが、何か問題でもあったのか？」

「いいえ、問題はなかったわ」

「そうか？　ならいいのだが」

「ただ、問題がなかったことが、問題のような気がしてならないの」

「……どういうことだ？」

要領を得ないローズの発言を受けて、西野の眉間にシワが寄る。ガブちゃんも、コイツは何を言っているんだ？といった面持ちでお姉様のことを見つめている。けれど、語る本人は至って真面目だから、これまた困ったものだ。

すぐ近くでは、志水が放ったベイゴマが暴発して、スマホを弄《いじ》っていた松浦《まつうら》さんの頬《ほお》に見事ヒット。ちょっと委員長、いきなり何してくれちゃっているのよ、との啀《いが》み合《あ》いから、荻野君の仲裁の甲斐《かい》なく、二人で台を囲んでベイゴマ勝負を始めた。

その喧騒《けんそう》に紛れるようにして、西野《にしの》たちは会話を続ける。

「どうして私は成果を得られなかったのかしら？」

「お姉様、何を言っていルのですか？」

「いえ、分かってはいるの。仕事を終えたつもりで帰ってきたのに、改めて考えてみると、まだ残っているのよ。それなのにどうして昨晩、私は現場から戻ってきてしまったのか、自分の行いに疑問を感じているの」

「……いよいよ耄碌《もうろく》しましたか？　結構いい歳《とし》だとオバサンからラ聞きました」

「貴方《あなた》、いい加減に殴るわよ？」

「殴レルものならどうぞ」

「こ、この娘っ子は……」

ガブちゃんの軽口を耳にして、ローズは苛立《いらだ》ちから頬《ほお》を引《ひ》き攣《つ》らせた。

ギュッと固く握られた拳が、脇でプルプルと震えている。

その振る舞いを眺めていると、西野も彼女が嘘《うそ》や演技から語っているとは思えなかった。ただ、そうなるとローズの言っていることの意味が本格的に分からない。こと同業者としては、目の前の人物に対して一定の評価を与えている西野だ。

「仕事の内容は尋ねないが、現場には足を運んだのか？」

「ええ、当然でしょう？」

「ならばどうして、仕事を終えたと判断したんだ？」

「仕事は終えたつもりなの。いいえ、ちゃんと確かに終えたのだから」

「ならば十分だろう」

「私もそう判断したわ。けれど、戻ったところで未達に気付いたのよね」

「まるで狐《きつね》につままれたかのような言い草じゃないか」

「馬鹿なことを言っているとは思うけれど、まさにそんな気分だわ」

どこか疲れたような面持ちでローズは語った。

その脇では松浦《まつうら》さんによって回されたベイゴマが、志水《しみず》のコマを破って見事勝利。鮮やかな弾《はじ》きっぷりに、居合わせた生徒たちからは歓声の声が上がった。こうなると委員長としては悔しい。もう一回、もう一回だけ勝負よ！と争いが加速する。

「となルと、また今晩も出かけルのですか？」

「甚だ不本意ではあるけれど、そうなりそうだわ。悪いけれど、教師の見回りやら何やらは取り繕ってもらえないかしら？　貴方が相手なら学校側も、そうとやかく言うようなことはしないでしょうけれど」

「世話の焼けル、ルームメイトを持つと大変です」

本日の予定を巡って言葉を交わすローズとガブリエラ。

そのやり取りを眺めていて、西野の表情に変化が見られた。

「…………」

「どうかしたのかしら？」

何やら考え込むような素振りを見せるフツメン。

これに気付いてローズが尋ねた。

続けられたのは、これまた意味深な物言いである。

「少しばかり思うところが出てきた」

「思うところ？」

「差し支えなければ、今晩の仕事に同行しても構わないだろうか？」

「貴方《あなた》が手伝ってくれるというのなら、私としては大歓迎なのだけれど」

「以前にも言った通り、アンタへの助力を惜しむつもりはない」

予期せず与えられた温かな言葉に、ローズの胸がドクンと高鳴る。

職業体験より以降、西野《にしの》と衝突する機会が失われた結果、良くも悪くも彼との接点が減っていた彼女である。他方、グイグイと距離を詰めているガブリエラの存在を思うと、本日こうして得られた提案は、千載一遇の好機であった。

思わずニヘラと、頬《ほお》が緩みそうになる。

実際、少しばかり下がってしまった。

これを大慌てで取り繕いつつ、彼女は平静を装って伝える。

「っ……そ、そう？　だったら手伝ってもらおうかしら」

「あ、ズルいです。そういうことでしたラ、今晩は私も一緒に行きます」

クラスメイトとのトランプ大会で盛り上がった昨晩とは打って変わって、今晩はお仕事に励むことになった西野。普段から無愛想な彼の表情が今この瞬間、殊更にシリアスを醸していることに、ローズとガブリエラは気付いていなかった。

◇◆◇

修学旅行の二日目、日中に予定されていたスケジュールは滞りなく終えられた。以降、宿泊先のホテルで夕食を終えた西野とローズ、ガブリエラの三人は、見回りに立った教師たちの目を盗んで屋外に出た。

フランシスカから頼まれたお仕事をこなす為《ため》である。

移動には事前にローズが用意していた自動車を利用した。

修学旅行の初日、西野が空港でレンタルしたオープンカーとは対照的な、日本製のコンパクトカーである。平凡かつ控えめなデザインは、フルスモークの窓ガラスと相まって、搭乗者の存在を確実に隠していると思われる。

そうした車上、彼女から西野に案件の説明が行われていた。

「つまりなんだ、現地協力者とやらに接触して情報を得ればいい訳か」

「ええ、その通りよ」

「たったソレだけのことが、お姉様は達成できなかったのですか？」

「たしかに情報は得たはずだったのよ。自らの手でデータの入ったメモリを確認していたのだもの。けれど、仕事を終えてホテルに戻ってきたら、回収したチップにはデータが入っていなかったの」

「途中ですリ替えラレたのではありませんか？」

「その可能性を疑わなかった訳ではないわ。けれど、改めて先方の下で確認したら、手元のチップでデータが出てきたのよ。利用した環境もそっくりそのまま同一のローカル。だから大人しく戻ってきたのだけれど」

「締めたはずのガスの元栓の心配をするようなものか」

「言い得て妙な物言いだけれど、まさにそんな感じなのよね」

「実際には締まっていなかったのですから、耄碌《もうろく》したとしか思えませんが」

車が向かっているのは、グアム島の南部に所在する住宅街界隈《かいわい》。

南国の樹木に囲まれて、年季を感じさせる家屋が点在している。背の高い建物はほとんど見受けられず、大抵の家屋は平屋建て。沖縄と同様、台風による被害を防ぐため鉄筋コンクリート造の家屋が多い。

空港周辺こそ観光客向けの施設で賑《にぎ》わいを見せている島内ではあるが、少し外れると随所に自然が感じられる。同じ住宅街であっても、家屋が隣接して密集する日本と比較して、土地を贅沢《ぜいたく》に利用した物件が大半だ。

また、電気や水道といったインフラ整備が遅れており、夜になると非常に暗い。車のヘッドライトがなければ真っ暗、といった場所も多い。島内の主だった通りであっても、電灯の類いは疎《まば》らであって、治安に不安を覚えるような光景がちらほらと窺《うかが》える。

観光客に向けて営業するショッピングセンターや、都市部の大きなコミュニティに隣接したスーパーマーケットなどこそ小綺麗《こぎれい》である一方、少し外れた場所にあるコンビニエンスストアなどの小売店は、日本人からすると野暮《やぼ》ったく映る。

ローズの運転する自動車は、そうした観光地の裏道を進む。

ちなみに助手席にはフツメン、後部座席にガブちゃんといった配置だ。

久しぶりに西野《にしの》の隣をゲットした運転手は、内心悦《よろこ》びつつのドライブ。

「先方の人相については承知した」

「あ、私にも見せて下さい」

西野とガブリエラの間で、ローズの端末が移動する。

ディスプレイに映されているのは、接触対象の人物だ。四十代も中頃と思《おぼ》しき褐色肌に黒髪の中年男性である。顔の彫りや顔立ちなどから、近隣に住まう現地の人間であることが想像された。

ややあって辿《たど》り着《つ》いたのは、住宅街の外れに建った飲食店である。

築四十年は過ぎていると思われる建物には、随所にひび割れが見られる。店先に掲げられた看板はどれも色褪《いろあ》せて、一部には落書きが窺《うかが》えた。駐車スペースもそこかしこに舗装が継《つ》ぎ接《は》ぎされており、全体的に凸凹としている。

それでも店内には明かりが灯《とも》っていた。

どうやら営業中のようだ。

夕食時であるにもかかわらず、正面の駐車スペースには車がほとんど停《と》められていない。ローズたちが乗り付けた車両を除くと、わずか二台ほど。内一台は動くかどうかも怪しいほど老朽化が進んでいる。

西野《にしの》たちが乗った自動車はその隅の方に停められた。

「真正面から行くのか？」

「貴方《あなた》が一緒なら、それが一番早いと思うのだけれど、駄目かしら？」

「承知した」

「今にも潰レてしまいそうな店構えです」

「先に言っておくけれど、建物を壊さないでちょうだいね？」

「善処します」

エンジンが停止したのを確認して、西野が車外に出た。

これにローズとガブちゃんが続く。

二人を先導するように、フツメンは真正面から飲食店に向かう。

建物の出入り口に取り付けられた引き戸は立て付けが悪かった。彼が腕を動かすのに応じて、ガタガタと音を立てながら横にスライドする。その気配に気付いて、店内からはすぐさま彼らに注目が向けられた。

店の規模はマーキスが六本木《ろっぽんぎ》で営業しているバーよりも一回り大きい。奥まった場所にキッチンが設けられており、その手前にカウンター席。屋外に面した窓の近辺には、いくつかボックス席が見受けられる。

居合わせた客は一グループ三名。

入り口にほど近いテーブルを囲っている。いずれも地元の住民と思《おぼ》しき、褐色肌に黒髪の中年男性だ。卓上には酒の注がれたグラスや食事が並ぶ。仕事帰りに夕食を取りつつ一杯やりに来た、といった風情が感じられた。

また、店主と思しき人物がカウンターの向こう側に立っている。

他に店員の姿は見られない。どうやら一人で営業しているようだ。

店内の様子を確認した西野たちは、客席に着くことはせず、真《ま》っ直《す》ぐに後者の下まで足を向かわせた。観光地としてアジア人で賑《にぎ》わうグアム島ではあるが、界隈《かいわい》まで足を運ぶ者は珍しいようで、先客からは注目が向けられて止《や》まない。

先んじて声を上げたのは同店の店員だ。

「また来たのかい……」

「申し訳ないけれど、改めて確認させてもらえないかしら？」

車内でローズから確認を受けた男性である。

その言葉に従えば現地協力者とのこと。

これに彼女はカウンター越しに、粛々と応じた。

手には懐から取り出されたメモリが摘《つま》まれている。

「何度繰り返しても同じだと思うがねぇ」

「新品の端末を用意したわ。こちらで確認を願えないかしら？」

「ところで、そっちの二人は友達かい？　これまた若々しいが」

店員の意識が西野《にしの》とガブリエラに移った。

品定めするような眼差《まなざ》しが、先方から二人に向けられる。

「ボディーガードのようなものだ」

「私たちのことは気にせず、お話を進めて下さい」

「…………」

受け答えする西野たちの傍《かたわ》ら、ローズは懐から端末を取り出した。その空きスロットに問題のメモリを差し入れる。店員にも確認が行えるよう、わざわざカウンターの上に筐体《きょうたい》を置いての作業だ。

ややあって画面に映し出されたのはファイルの一覧。

そこには日付で整列された数十からなるデータが確認できる。

「なっ……」

作業に当たっていたローズの目が見開かれた。

どうやら想定外の反応のようだ。

「どうだ？　ちゃんとデータは入っているだろう？」

「……ええ、そのようだわ」

彼女の両脇から、フツメンとガブちゃんも画面を覗《のぞ》き込《こ》む。

データの仔細《しさい》こそ知れないが、そこには間違いなくファイルが窺《うかが》えた。ローズは試しにその一つをタップしてみる。するとディスプレイにはテキストデータが表示された。英文の連なりは西野たちにも見て取れる。

「やはリ、お姉様の見間違いだったのではありませんか？」

「そんな筈《はず》はないわ！　だって、昼には確かに空っぽだったのにっ……」

「………」

言い合う二人の傍ら、フツメンは顎に手を当てて考える素振り。

一方で店員からは非難の眼差《まなざ》しが彼らに向かう。

「悪いがこっちも仕事があるんだ。気が済んだら帰ってくれないか？」

「ちょっと待って頂戴。もう少しだけ確認させてもらえないかしら」

「別に構わねぇが、何度見たところで変わらないと思うがね」

カウンターの上、必死になって端末を弄《いじ》くり始めるローズ。

その姿を眺めつつ、フツメンが店員に言った。

「アンタ、ここで働き始めて長いのか？」

これまた突《つ》っ慳貪《けんどん》な物言いである。

同世代の相手に対して利くような口だった。それが十代も中頃の子供から与えられたとあらば、苛立《いらだ》ちも一入《ひとしお》である。非英語圏が故の過ちであったとしても、圧倒的に普通な顔立ちが、小生意気に感じられて止《や》まない。

それが妙に流暢《りゅうちょう》な発音で届けられたとあらば、自然と反発も大きなものに。

ローズに対してとは打って変わって、店員は厳しい表情で西野《にしの》に応じた。

「だったら何だってんだ？」

「いやなに、このあたりで南部訛《なま》りは珍しく感じてな。兵卒か？」

何気ないフツメンの呟《つぶや》き。

現場に委員長が居合わせたのなら、目上の人にそういう言い方は止めなさいよ、などと西野調教プロジェクトが発動していたことだろう。台詞《せりふ》の端々にいちいちアウトローなフレーズを入れてくるのが辛《つら》い。

自《おの》ずと店員の表情も険しいものに変化を見せた。

苛立ちから眉間にはシワ。軽く怒鳴ってやろうかと、その口が開かれる。

ただ、これに先んじてガブリエラが反応を示した。

「何を言っていルのですか？　現地の訛リではありませんか」

「……そうだろうか？」

何気ない二人のやり取りを受けて、店員に反応があった。

ピクリとその肩が小さく震える。

今まさに開きかけた口も閉ざされた。

ほんの僅かな変化ではあるが、これを西野は見逃さなかった。

「あぁ、そういうことか」

「……なにを一人で納得していルのですか？」

合点がいったとばかりに頷《うなず》いたフツメン。

その姿を目の当たりにして、ガブリエラは首を傾《かし》げた。

「どういうことかしら？」

ローズからも疑問の声が上がる。

これに余裕綽々《よゆうしやくしやく》と西野《にしの》は答えた。

「なんてことはない、当初の想定どおり狐《きつね》がいたようだ」

「っ……」

フツメンの発言を耳にして、すぐさまローズに動きが見られた。

懐から拳銃を取り出し、銃口をカウンター越しに店員へ向ける。

すると時を同じくして、店内に居合わせた客たちが動いた。テーブルを囲っていた三人が一斉に立ち上がり、彼女と同じく銃を抜いた。テーブルや椅子のガタつく音が、静かな店内に大きく響く。

照準は西野たちにピタリと定められていた。

どうやら店員とはグルであったようだ。

穏やかな店内の雰囲気は、一変して剣呑《けんのん》なものに。

「大人しく帰っていれば、長生きできたものを馬鹿なやつらだ」

銃を向けられているにもかかわらず、店員は余裕の笑みを浮かべている。

如何《いか》にローズが幼い姿をしているとはいえ、撃てば間違いなく当たる近距離。その事実に彼女は疑問を覚える。他に伏兵がいるのかと、身構えた姿勢のまま、目玉だけを動かして店内の様子を探り始めた。

「これが最後通告よ。データをもらえないかしら？」

「悪いがお前さんたちにくれてやる訳にはいかねぇなぁ」

直後、店内では立て続けに発砲音が響き渡った。

ボックス席から彼女たちに向かい、三人の男性客が引き金を絞った。

二発、三発と放たれた弾丸が迫る。

しかし、それは彼女たちの手前数十センチで停止。まるで蜘蛛《くも》の巣にでも搦《から》め捕《と》られたかのように、空中で何の支えもなく浮かび上がったまま、前にも後ろにも動かなくなった。

数瞬の後、カラカラと音を立てて床に落ちる。

西野とガブリエラによって起こされた摩訶不思議《まかふしぎ》なイリュージョン。

その様子を視界に収めて、男たちは驚愕《きようがく》から身を強張《こわば》らせた。

フツメンが一歩を踏み出すと同時に、拳銃がパキパキと音を立てて凍りつき始める。銃身やトリガーのみならず、手首までをも飲み込むように氷が生えていく。彼らは大慌てでグリップを手放そうとするも叶《かな》わない。

直後、ガブちゃんによって生み出された火球が男たちに迫った。

バレーボールほどの大きさで生まれた炎の塊が、ボックス席に向かい一直線。テーブルの天板に触れると共に、ドカンと大きな音を立てて炸裂《さくれつ》した。爆風に煽《あお》られた客たちは全身を炙《あぶ》られた上、店内へ散り散りに吹き飛ばされて意識を失う。

「店を壊さないでとお願いしたの、もう忘れてしまったのかしら？」

「こレは必要な損害です」

「こっちの彼は上手《うま》いことやってくれていたじゃないのよ」

「ああいうのは私の趣味に合いません」

ローズからの指摘に、ガブリエラはプイとそっぽを向いた。

どうやら派手なのがお好みらしい。

すると話題に上げられた彼からも、指摘の声が上がった。

「以前にも言ったが、アンタは何をするにも大雑把《おおざっぱ》が過ぎる」

「ですが、こっちの方が効率的です」

「そうだろうか?」

「以前から気になっていましたが、貴方《あなた》は炎を使わないのですか?」

「悪いが、炎を扱うのは苦手なんだ」

「なルほど、そレはいいことを聞きました」

「何故《なぜ》だ?」

「低温には限界があります。しかし、熱量には上限がありません。故に低温を得意とすル貴方は、高温を得意とすル私に、いつか敗北すル日が訪レルことでしょう。今はまだ勝てル気がしませんが」

「あぁ、たしかにそういう考え方はある」

意外と勝負っ気のあるガブちゃんだ。

一連の出来事を目撃したことで、店員の顔からは余裕が消えた。

懐から拳銃を取り出し、ローズの頭部に向かい照準を定める。

「な、なにしやがった!?」

「それはこっちのセリフなのだけれど？」

状況は一変、余裕綽々《よゆうしやくしやく》と金髪ロリータは応じた。

フツメンが当初の約束通り、自らに助力してくれたことで余裕を得たようだ。ガブリエラの放った火球に至っては、重火器さながらの威力である。これなら余裕を持って尋問を行えそうね、とはローズの素直な思いである。

しかしながら、彼女の思惑は早々にも裏切られた。

怯《おび》える店員を眺めて、どう料理してくれようかと考え始めた時分のこと。

西野《にしの》に対する愛情が苦しいほどに、その小さな胸の中で溢《あふ》れ始めた。

それは抗《あらが》いがたい情動の現れ。

「っ……」

ジッとしていることが困難なほど、好意的な欲求から全身が疼《うず》く。

ほんの数秒という僅かな時間で、興奮の頂点に達した彼女の身体《からだ》は、理性を容易に淘汰《とうた》した。本能に突き動かされたローズは、隣に立ったフツメンを振り返る。手を伸ばせば触れ合える距離感、互いに視線が合った。

見つめられた彼は、予期せぬ相手の挙動に疑問を覚える。

間髪を容《い》れず、彼女は意中の相手に抱きついた。

「……西野《にしの》君」

背中に回された手が、フツメンの身体《からだ》をギュッと抱きしめる。

幼い見た目からは想像できない大人顔負けの腕力が、ぎゅうぎゅうと彼の肉体を力強く締めつけた。これと前後して、店員に向けて構えられていた拳銃さえも、まるで邪魔なものを捨てるかのように、手元から離れて床に落とされる。

「アンタ、いきなり何の真似《まね》だ？」

そうかと思えば、すぐ隣ではガブリエラにも異変が見られた。

彼女の変化はローズと比べても、より顕著である。

「ひっ、ひぃぁあああ！」

西野に得意げな笑みを向けていた面持ちが、前触れもなく凍りついた。

そして、間髪を容れずに悲鳴。

予期せず衣類の中に氷でも放り込まれたかのような反応であった。

同時に脱兎《だつと》の如《ごと》く、彼から距離を取るように駆け出す。

向かった先は室内に設けられた一抱えほどの柱。

その裏側に隠れてしまった。

「………」

今度はどうしたとばかり、西野の意識がガブリエラに向かう。

すると彼女は柱に身を隠しつつも、顔だけを覗《のぞ》かせて、チラリチラリと彼に視線を送り始めた。おっかなびっくり全身を震わせる一方で、その顔には恐怖と好奇心の入り混じった感情が窺《うかが》えた。

小動物さながらの反応にフツメンは首を傾《かし》げるばかり。

そうした彼の首筋を、ローズの舌が執拗《しつよう》に這《は》いずり回《まわ》り舐《な》め上げる。

真正面から密着したお互いの肉体は、指一本差し込むことさえ困難なほど、先方から力強く押し付けられている。更には下半身を擦《こす》りつけるように、腰をグイグイと動かし始めたからどうしたことか。

本人たちも気付いてはいないが、衣類にはシミが生まれ始めている。

「アンタたち、一体どうしたと……」

疑問の声を上げんとした直後、異変は西野にも訪れた。

彼女たちに遅れること数瞬、予期せぬ心の高ぶりが彼を襲う。

「っ……」

それは一言で称するなら、青春への渇望。

自らの内側で膨れ上がった、絶対的な欲求。

アオハルしたくて仕方がない。

頭の中が青春の二文字で隅から隅まで埋め尽くされた。

満開に咲き誇る桜の下、恋人と共に手を握り合って歩きたい欲が高まる。抱きついてきたローズを相手に、手を握りたくて仕方がない。指と指を絡めて恋人繋《つな》ぎ。そのまま学校の教室に向かい、二人で一緒にお弁当を囲いたくなる。

高校生活、クラスメイト、放課後、デート、部活、二年A組。

様々な情景がフツメンの脳裏を凄《すさ》まじい勢いで駆け巡った。

恋愛シミュレーションゲームのオープニング映像さながらの心象だ。

それを確認したことで、西野《にしの》は自分たちが置かれた状況を把握した。

「…………」

振り上げた拳で、軽く自らの頭部を殴りつける。

ガツンという衝撃と共に視界が揺れる。

同じことを二年A組の教室で行ったのなら、また西野の恥ずかしい発作が始まったと、誰もがうんざりとした面持ちでこれを眺めたことだろう。しかし、今この瞬間に限っては非難の声が飛んで来ることもない。

強靭《きょうじん》なメンタルを以《もっ》て、自意識を奪わんとする妄動に抵抗する。

フツメンの脳裏を満たしていた甘酸っぱい妄想がいくらか薄れた。

そうした彼らの正面ではカウンター越し、今まさに拳銃を構えた店員の姿がある。指が引き絞られると共に、パァンパァンと立て続けに甲高い音が響いた。発射された銃弾が絡み合う二人に襲いかかる。

青春大好きマンはこれを危ういところで防いだ。

先程と同様、銃弾は何もないところで静止。

焦った店員は弾切れになるまで、発砲を繰り返した。

撃鉄の空振る音が、静かになった店内にカチカチと響く。

ややあって空中に浮かび静止していた弾頭が、バラバラと音を立てて床に落ちる。店員はこれに驚いたのか、ヒィと短く悲鳴を上げて、フツメンの視線から逃れるよう、カウンターの下に身体《からだ》を引っ込めた。

「これだけ事細かに陥れるとは、なかなか大したものだ」

心中の変化を悟られぬよう、西野は努めて悠然と呟《つぶや》く。

ローズとガブリエラの豹変《ひょうへん》は、フツメンも想定外の出来事であった。そして、彼自身が受けた変化もまた顕著なもの。けれど、その事実はおくびにも出さない。平素からの圧倒的な上から目線で、存分にイキリ散らす。

その態度に苛立《いらだ》ったのか、店員からは荒ぶるように声が上がった。

「オ、オマエら、なんだってんだっ！」

「さて、なんだろうな」

静けさを取り戻した店内では、ローズの舌が西野《にしの》の耳を舐《ねぶ》る音が、ピチャピチャと断続的に響く。カウンター越し、店員に向かって格好《かっこ》つけるフツメン。その身体《からだ》に正面から抱きついて、穴という穴に舌を這《は》わす勢いだ。

依然として脳内で燻《くすぶ》っている青春への渇望が、その刺激から再びむくむくと鎌首をもたげ始める。より淫らな心象が次々と脳裏に描かれたのなら、何もかもを手放して、快楽に身を任せたい衝動に駆られた。

これを必死に堪《こら》えつつ、フツメンは店内を見渡す。

しかし、残念ながら他に人の姿は見られない。

彼には目前の店員が、自分たちに影響を与えているとは思えなかった。

だからこそ、まだ見ぬ誰かを現場に求める。

けれど、先方は上手《うま》いこと身を隠しているようで、目の届く範囲にはそれらしい姿を見つけられない。そうしている間にも、ローズとガブリエラの反応は激しさを増していく。

取り分け前者については、見ていて不安を覚える混乱っぷり。

西野君、西野君、西野君、彼の名前を繰り返し囁《ささや》き続ける。

放っておいたら廃人になってしまうのではなかろうか。

少なくともフツメンはそのように感じた。

常日頃から内面は似たようなものだとは、まさか夢にも思わない。

そこで彼は珍しくも撤退を決めた。

このままではローズとガブリエラの身が危うい、との判断だ。

「連れの調子が悪いようだ。今日のところは退《ひ》かせてもらう」

フツメンが呟《つぶや》くと、間髪を容《い》れずに二人の肉体が浮かび上がった。

ローズは愛《いと》しい彼から引き剥《ひ》がされて、宙に浮いたまま藻掻《もが》くように西野《にしの》を求める。ガブリエラは予期せぬ浮遊感から、全身をめちゃくちゃに暴れさせ始めた。致し方なし、フツメンは不思議パワーで彼女たちの意識を刈り取った。

居合わせた店員は、訳の分からない光景を眺めて絶句。

一体何が起こっているのだとばかり、目を白黒させ始めた。

居合わせた三名の客と同様、店員も処分するべきかと西野は検討する。しかし、フランシスカとは協力関係にあると、ローズからは事前に説明を受けていた手前、依頼主の判断なしに動くことは憚《はばか》られた。

彼は店員の面前、悠々と踵《きびす》を返す。

そして、空中に浮かせたローズとガブリエラを伴い、同所を後にした。

◇

◆

◇

西野たちがフランシスカの依頼に忙しくしている一方、修学旅行の宿泊先となるホテルでは、委員長と松浦《まつうら》さんの部屋が賑《にぎ》わいを見せていた。より具体的には、松浦さんの存在を巡って、一部の男子生徒が賑やかにしている。

自由行動のグループと合わせて、寝泊まりする部屋も同室とした二人。

そんな彼女たちの下へ数名の男子生徒が、夜の自由時間に詰めかけていた。

「松浦さん、もしよかったら一緒に遊ばない？」「パーティーゲームとか持ってきたんだけど、松浦さんも一緒にやらない？」「松浦さんって以前、漫研に出入りしてたよね？　実は僕も絵とか描くんだけど、一緒にお絵かきしない？」「俺ら、部屋で麻雀《マージャン》やってるんだけど、松浦さんも交じらない？」

現場は部屋の出入り口となる、廊下に面したドアの正面。

原因は修学旅行初日の昨夜、西野と荻野《おぎの》君の部屋で行われたトランプ大会。

こちらの催しに竹内《たけうち》君や鈴木《すずき》君のみならず、委員長やリサちゃん、松浦さん、更にはガブちゃんまでもが居合わせたことは、翌日の朝から既に生徒たちの間で話題に上っていた。どうして彼らの部屋に、カースト上位の生徒が揃《そろ》い踏《ぶ》みしたのかと。

夜遅い時間帯、男女が大して広さもない客室に居合わせたとなれば、自然と話題は盛り上がる。しかもどうした偶然か、室内における男女比は、男子生徒が四人に対して、女子生徒も四人と来たものだ。

こうなると卑猥《ひわい》なことを考えずにはいられないのが十代の性《さが》。

その事実が巡り巡って刺激的な噂《うわさ》となり、男子生徒一同の間を駆け巡った。

曰《いわ》く、西野《にしの》が松浦《まつうら》さんとヤッた。

いやいやそんなまさか、といった躊躇《ちゅうちょ》は誰もが抱いていた。いくらなんでもそれはないだろうと。しかしながら、俺、松浦さんに突撃してみるわ、などと言い始める人物が現れたのなら、あとは雪だるま式に勢い付いていった。

西野に唾を付けたい松浦さんが、噂を否定しなかった点も大きい

結果的に委員長と松浦さんの部屋に押しかけた男子生徒一同である。

「今日が無理だったら、明日でも全然大丈夫なんだけど！」「っていうか、最終日の自由行動、俺らの班と一緒に回らない？」「明日の夜って時間空いてる？」「もしよかったら、これから俺らの部屋に来て遊ばない？」「ホテルに籠もってちゃつまらないし、一緒に外に抜け出さない？」

大半は中層カースト以下の非モテ層。

なんたって相手は女子生徒からもハブられている、学内カースト最下層の松浦さん。もし仮に断られたところで、大してダメージを受けることはない。そのように考えたのなら、

先方の下へ向かうにも歩みは軽くなった。

なにより、西野がヤッたかもしれない、という想定が、彼らに一歩を踏み出させていた。西野がヤッたのなら、自分だってヤれるはず。そんな思いが修学旅行という契機も手伝い、二年A組の童貞たちを荒ぶらせていた。

非モテが故、教室内で3P速報を流されたとしても、痛くも痒《かゆ》くもない面々だ。むしろ、ご褒美である。栄誉である。

空気の読めるカースト中層以上は、何を馬鹿なことをと静観の姿勢。

絵面的には卒業旅行の最中、フランシスカに喰《く》い付いた竹内《たけうち》君と完全に一致。学友からクラスの男子生徒の動きを聞かされたイケメンは、過去の失態も手伝い、仲裁に向かうことも憚《はばか》られた次第である。

「松浦さん、悪いけど他所《よそ》でやってもらってもいい？」

居合わせた委員長はうんざりした面持ちでルームメイトに言う。

生徒たちの間で昨日の出来事が話題に上っていることは、委員長も日中に確認していた。男子生徒が何やら騒々しくしていることも、他の女子生徒から話を聞いて、既に理解していたトップカーストである。

とはいえ、まさか大勢で突撃してくるとは想定外だ。

「だけどこれ、素直に付いて行ったら絶対に輪姦《りんかん》されるよね？」

「そういうド直球なこと、真顔で言わないでくれる？」

「真顔じゃなかったらいいの？」

「そういう訳じゃないけどっ！」

思わせぶりな松浦《まつうら》さんの発言に、ピュアな男子生徒は興奮も一入《ひとしお》。

もしかしたら、もしかしてしまうかもしれない。

この手の思わせぶりな物言いをする人物ほど、ただ異性から構って欲しいだけで、実際にヤらせてくれる確率は低いことを彼らは知らない。自分たちが相手にされていないことを理解できない。ただし、イケメンを除く。

悪い女である松浦さんは、そんなクラスメイトを卑猥《ひわい》な発言で煽《あお》って楽しむ。

「私がヤりまくって男子を味方にしたら、教室が面白いことになりそう」

「松浦さん、それだけは絶対に止《や》めてくれない？　マジ最悪だから」

普段であれば、志水《しみず》の姿を目の当たりにした時点で、男子生徒たちも二の足を踏みそうなもの。しかし、学校を脱して訪れた旅行先のホテル、数が揃《そろ》ったことも手伝い、来客はイケイケドンドン状態。委員長の視線に臆して引き下がることはない。

志水としては勘弁願いたい状況だった。

さっさと客室のドアを閉めて、ベッドルームに引っ込みたい感じ。

少しすると、幾分離れたところから廊下に足音が響き始めた。

どうやら他に宿泊客がやって来たようだ。ホテルの同フロアは学校側が、修学旅行生の宿泊先として押さえている。そのため一般客が訪れる可能性は低い。恐らくは旅行を共にしている二年生の誰かだろう。

ひと目見て下位カーストと判断できる男子生徒たちから、宿泊先の部屋に詰めかけられている姿を目撃されるのは、委員長としては抵抗があった。足音の主がやってくるまでに部屋に引っ込みたい。

しかし、そうした思いは相手の姿を確認して吹き飛んだ。

「恐らくは精神感応、もしくはそれに類する力だろう」

「どうして貴方《あなた》だけ無事だったのかしら?」

「無事という訳ではない。こちらにも攻撃はあった」

「だったラ何故《なぜ》、私たちを伴い戻って来ラレたのですか?」

西野《にしの》とローズ、それにガブリエラの三人だった。

フランシスカから依頼を受けて外に出ていた彼らは、正体不明の敵から攻撃を受けたことで、早々にも現場を撤退した。ローズが用立てた自動車に戻り、フツメンの運転によってホテルまで戻ってきた次第だ。

気絶していた二人は移動の間にも復活した。

すわ再び騒ぎ始めるかと危惧した西野ではあったが、意識を戻した彼女たちは混乱することもなく、しっかりと理性を保っていた。そうこうしている間にも、車は目的のホテルに到着、今まさに彼女たちの部屋に向かっている。

自身の宿泊先には荻野《おぎの》君がいるので、場所を借りることにしたフツメンだ。

「さてな、単純に経験の差ではないか？」

「その言い方、ちょっとイラッとくるわね」

「だったら次に活《い》かせばいい。それこそアンタの特権だろう」

「お姉様は長生きしていル割に、肝心なところで抜けていルのですね」

「そういう貴方《あなた》こそ、随分と無様な姿を晒《さら》していたようだけれど？」

「そうでしょうか？」

「物陰に隠れて震えている姿、ちゃんと覚えているわよ」

「でしたラ私も、しっかりと記憶しています。お姉様ほどの痴態を晒した覚えはありません。あレは完全に発情していましたよ。彼に抱きついて腰をカクカクと振ルう姿、撮影しておけばよかったです」

「し、仕方がないじゃないの。薬を入れてもああまではならないわ」

「先方はかなり強力な力の持ち主のようだ。今後は注意するべきだろう」

ローズ的には役得と称しても過言ではない出来事であった。敵に敗北した事実はさておいて、その過程で西野《にしの》に抱きついて好き勝手できた点は大変喜ばしい。もう一度くらいなら、わざと餌食になっても構わないと考えているほど。

そんな具合に、ああだこうだと言葉を交わしながら廊下を歩く。

すると彼らも行く先に、人集《ひとだか》りができていることに気付いた。

「見て下さい、なにやラあちラに人が大勢見ラレます」

客室のドア周辺に集まった男子生徒たち。

西野たちからすれば、ちょうど進行上にあった。ローズとガブリエラの宿泊先となる部屋は、これを越えてしばらく行ったところにある。大して広さのある廊下でもないから、このまま進めば脇を通ることになるだろう。

居合わせた生徒は誰もがフツメンも見知った相手。また、彼の記憶が正しければ、彼らが詰めかけているのは、委員長と松浦《まつうら》さんの部屋である。自由行動のグループを同じくしている都合上、お互いに部屋の番号は確認していた面々である。

こうなると否《いや》が応《おう》でも興味を引かれる西野だった。

そして、これは先方も同様である。

何故《なぜ》かクラスを代表する非モテが、ローズやガブリエラと一緒にいる。

「あっ、ローズちゃんとガブリエラちゃん」「どうして西野が一緒にいるんだ？」「ここ最近アイツと一緒にいること多くない？　あの二人」「昨日、ガブちゃんも西野たちの部屋にいたって聞いたんだけど」「ガブちゃんってローズちゃんラブじゃなかったっけ？」「だよな」「先月くらいから、西野《にしの》と絡むことが増えた気がする」

男子生徒たちの意識が西野たちに移った。

自《おの》ずと委員長と松浦《まつうら》さんもフツメンたちの存在を捕捉。

両者の反応は対照的なものだった。

やっちまった、みたいな表情を浮かべた志水《しみず》に対して、いいところで会った、と言わんばかりに表情を綻ばせたのが松浦さん。今晩は既に西野と荻野《おぎの》君の部屋を訪れて、その不在から不貞腐《ふてくさ》れていた彼女だ。

「委員長と松浦さんの部屋にクラスメイトが集まっているようだな」

「見たところ、男子生徒ばかり詰めかけているようだけれど？」

「……ああ、どうやらそのようだ」

ローズの指摘通り、廊下には男子生徒の姿しか見られない。志水のことが気になって仕方がないフツメンとしては、これまた気を引かれる光景だった。自然とその歩みはローズとガブリエラから離れて、彼女の下に向かう。

致し方なし、二人もこれに付き添って彼の背中を追いかけた。

「委員長、何か問題だろうか？」

「問題があったとすれば、それは私じゃなくて松浦さん」

「松浦さん？」

皆々の注目が問題の人物に向かう。

話題に上げられた彼女は、嬉々《きき》としてフツメンに話しかけた。

「西野君、これから部屋に行ってもいい？」

男子生徒たちが注目しているにもかかわらず、まるで構った様子がない。むしろ見せつけるかのように訴える。そうした彼女の振る舞いは、昨晩からクラスメイトの間で囁《ささや》かれていた噂《うわさ》を真実たらしめる信憑性《しんぴょうせい》が感じられた。

マジかよ、みたいな眼差《まなざ》しが男子たちの間で交わされる。

一方でこれに応じるフツメンは淡々としたものだ。

彼女が自分の手に負える相手ではないと、正しく理解している童貞である。

「悪いが明日では駄目か？　他に予定がある」

「え、それってまさかとは思うけど、そっちの二人とってこと？」

「ああ、そんなところだ」

「……西野君、マジ？」

ローズとガブリエラからは反論が上がることもない。

その事実が松浦さんを驚かせた。

学校で用事があるからと、屋上に呼び出されるのとは訳が違う。

なんたって今は修学旅行も真《ま》っ只中《ただなか》。

それも就寝前の自由時間。

ドエロい松浦《まつうら》さんは、自然とそっち方面で勘ぐってしまう。ロリータ二名がフツメンと何かしら交友があることは、彼女も以前から把握していた。けれど、それが肉体関係であるとは思わない。

「ちょっとした頼まれ事だ。そうたいしたことじゃない」

「ふぅん？」

委員長の手前、フツメンは矢継ぎ早に言い訳を並べる。

合わせて意中の彼女に向かい、改めて話題を振った。

「委員長、そちらは大丈夫なのか？」

「だ、大丈夫だから。私のことは気にしなくていいし」

松浦さんを差し置いて、気にかけてもらえた志水《しみず》はちょっと嬉《うれ》しい。

思わず頬《ほお》が緩みそうになるのを堪《こら》えつつの受け答え。

クラスメイトからのお誘いを即断したことから、委員長は西野《にしの》の事情を即座に察した。

きっとまた後ろの二人と一緒に、面倒なことをしているに違いないと。こういうときは距離を設けるのが正しいと、賢い彼女は重々承知している。

「西野君、そろそろいいかしら？」

そうこうしていると、ローズから西野に催促の声がかかった。

促されるがまま、フツメンは委員長たちから踵《きびす》を返す。

「悪いが、これで失礼させてもらう」

妙ちくりんな挨拶と共に、西野は男子生徒たちの脇を過ぎていく。

ロリータ二名は粛々とその背中に続いた。

居合わせた男子生徒一同は、ただこれを呆然《ぼうぜん》と見送るばかり。

以降、ローズとガブリエラの居室では、就寝時間が訪れるまで作戦会議である。しかし、どれだけ議論を交わしたところで、まだ見ぬ異能力者について、具体的な対処法は浮かんでこなかった。彼らは相手の風貌は愚か性別や年齢すら把握していない。

下手に接近すれば本日の二の舞になりかねない。

フランシスカに連絡を入れたところ、こっちでも調べてみるわね、との返事が戻ってきた。どうやら依頼主も想定していなかった状況のようだ。そこで翌日はフツメンたちも、情報収集を行うということで話し合いは切り上げられた。

〈修学旅行　三〉

修学旅行の三日目は、マリンスポーツの体験学習が予定されていた。

学習とは銘打っているが、実際には海に出かけてのレクリエーションである。ウェイクボードやパラセーリング、スキューバダイビングなど、いくつかのアクティビティが用意されており、生徒たちは各々好きな体験を選択できる。

旅中では自由行動と合わせて、生徒の期待値も大きなイベントである。

西野《にしの》も当然ながら、これを全力で楽しむべく臨んでいた。

進捗の芳《かんば》しくないフランシスカからの依頼はさておいて、日中は学校行事を存分に満喫しようと考えている。悩んだところで状況が改善することはないと判断したのなら、サクッと頭を切り替えたフツメンだった。

選択したのはスキューバダイビングの体験コースだ。

何故《なぜ》ならば委員長が同コースを選んでいたから。

そして、西野が選んだとあらば、ローズとガブリエラも付いてくる。更に今回は松浦《まつうら》さんも同行。また、志水《しみず》の動向を窺《うかが》っていたのはフツメンばかりではない。リサちゃんと鈴木《すずき》君も彼に倣った。竹内《たけうち》君もローズを求めて同一のコースを選択。

結果的にいつものメンバーが海上には並ぶことになった。

簡単な講義の後、ビーチの浅瀬で小一時間ほどの練習を終えた生徒たちは、ボートに乗り込み港を出発。水深十メートルほどの浅い場所で、ウミガメとの遭遇を目指す。インストラクターの言葉に従えば、高確率で出会えますよ、とのこと。

頭上を見上げれば、青空がどこまでも広がっている。陽光を反射してキラキラと輝く水面は綺麗《きれい》なものだ。本日は波も穏やかで絶好のダイビング日和。期待に胸を膨らませた生徒たちを乗せて、ボートは目的のポイントに向かう。

「ダイビングというのは、なかなか趣のあル趣味ですね」

「水中は陸上とは勝手が違う。力の扱いには注意したほうがいい」

「大丈夫です。言わレずとも理解しています」

「ならいいが」

「海の中でバラバラになるようなのは勘弁よ？」

「そんなミスはしません。むしロそちラのルーキーこそ毒に注意です」

「だ、大丈夫だよ、ガブリエラちゃん。ちゃんと制御できているから」

西野たちが乗り込んだボートの大きさは、長さ九メートル、幅三メートルほど。インストラクターを除いて、八人の定員をすべて埋めることになった。人数的な都合から、ボートをちょうど皆々で一つ貸し切った形である。

彼ら以外にもダイビング体験を選択した生徒たちは、それぞれ数名のグループとなりボートに乗り込んでいる。目的地も同様であって、界隈《かいわい》には何艘かのボートが点在するように浮かんでいた。

同行しているインストラクターは三名。内一人がボートを運転している。

「竹内《たけうち》君たち、何の話をしてるの？　毒ってなに？」

「いや、ゲームの話だから気にしないでよ、リサちゃん」

「へぇ、竹内君もゲームとかやるんだね」

「以前、ガブリエラちゃんがハマってるゲームを紹介されたんだ」

幅広なボートのデッキには屋根が設けられている。その下に左右で向い合せにベンチが並んでいる。一方にローズ、西野《にしの》、ガブリエラ、松浦《まつうら》さん。もう一方に竹内君、リサちゃん、委員長、鈴木《すずき》君といった塩梅《あんばい》だ。

皆々海に潜るための支度を整えており、足元には酸素ボンベが窺《うかが》える。

「委員長、何かあったら言ってくれよ。全力でサポートするから」

「鈴木君、ダイビングの経験があるの？」

「前にハワイで潜ったことがあるんだよ。ライセンスも取ったぜ？」

「え、凄《すご》いじゃない」

「お金さえ払えば、二、三日で取れるんだからイキらないでよ」

「松浦さん、こういう時くらい素直に褒めてあげてもいいじゃないの」

「いや、たしかにその通りなんだけどさ……」

気分を高ぶらせた皆々の間では、自《おの》ずと会話も弾む。気を利かせた竹内君が、西野と鈴木君のポジションをさり気なく調整したおかげで、両者がぶつかり合うこともない。鈴木君としては委員長の隣をキープして、これ以上ない状況だ。

おかげで船が目的地に到着するまではあっという間だった。

船舶が停止すると、すぐにインストラクターから号令があった。

その指示に従い、装備を担いだ面々はデッキから海に降りていく。入水直前で怯《おび》えた松浦さんが、タンクをステップに軽くぶつけた以外は、これといって滞りもなく、皆々無事にエントリーすることができた。

海底には白い砂が広がっており、所々に珊瑚《さんご》や岩肌が窺える。

そこに海面から差し込んだ日差しが降り注ぐ。

陽光に照らされた青々とした海は、透明度が高く視界も鮮明。その只中《ただなか》を、手を伸ばせば触れられる距離感で、色鮮やかな魚が群れをなして泳いでいく。また、視線を遠くに向ければ、どこまでも続く深い海の色。

口から吐き出した空気が、煌《きら》めきながら海面に上っていく。

その何気ない気泡の連なりさえもが、同所では幻想的に感じられた。

「ふががが！　ふがががががっ！」

「………」


興奮したガブちゃんが海中で激しくアクション。

身振り手振りで自らの感動を主張する。

これを眺めるローズは白けた眼差《まなざ》しを送るばかり。

自己申告こそしていないが、鈴木《すずき》君と同様、ダイビングのライセンスを保有しているローズだ。職務上、水中に身を隠しての作業も少なくない。遠浅の温かく穏やかな海、日中に潜るだけとあらば、熟《こな》れたものである。

海中では魚群を追いかけるより、西野《にしの》の挙動に注目が向かう。

すると問題の彼は、キャッキャとはしゃぐクラスメイトを眺めて、なにやら遠い目をしている。皆々と一定の距離を保ちながら、水中で穏やかにも中性浮力を保っている。その姿からはローズと同様に、かなりの慣れが窺《うかが》えた。


「………」


少しくらい拙い姿が見られたらいいのに、とは彼女の素直な思いだ。

そうしたら手とり腰とり、密着してのレクチャーを楽しめたのに、と。

一方で楽しそうにしているのが二年A組の面々である。

皆々感動した面持ちとなり、海中の光景に目を奪われていた。

お喋《しゃべ》りこそできなくとも、身振り手振りでコミュニケーションを取りながら、海中の散

策を一緒に楽しんでいる。普段は一歩引いた言動を努めている委員長も、初めてのダイビング体験に目を輝かせていた。

そうして海に潜り始めてから、十数分ほどが経過した時分のこと。

異変は訪れた。

最初に気付いたのは、比較的ボートに近い場所にいた松浦《まつうら》さんだ。

「っ……」

海底に点在する岩肌の合間を縫うように、巨大な魚影がヌッと現れた。

サメである。

それも身の丈が五メートルはあろうかという大物だ。

木の節を思わせるようなギョロリとした目玉。鋭い歯がびっしりと生えた大きな口。前方に向けて尖《とが》った鼻先。その凶悪極まりない顔立ちは、まさか見間違えるはずもない。水族館で眺めるより、何倍も迫力が感じられる。

居合わせたインストラクターも異変に気付いた。

間髪を容《い》れずにホイッスルが鳴らされる。

これを受けて居合わせた他の面々も、サメの存在を確認した。

誰もが顔を真っ青にして、大慌てでボートに向かい泳ぎ始めた。

松浦さんを筆頭にして、委員長やリサちゃん、鈴木《すずき》君といった面々は、比較的ボートに近い場所にいた為《ため》、すぐに海から上がることができた。彼らの面倒を見ていたインストラクターも同様である。

他方、我先にとはしゃぎ回っていたガブリエラや、彼女を気にかけていた西野《にしの》、ローズ、竹内《たけうち》君、彼らに付いたインストラクターは、少しばかりボートから離れていた。しかも幾分か深い場所でダイビングを楽しんでいた。

自《おの》ずとサメの存在に気付くのにも遅れた。

最初に動いたのはインストラクターである。

西野たちを放置して、我先にとボートに向かい泳ぎ出す。

時を同じくして、サメはガブリエラに狙いを定めて一直線。

凄《すさ》まじい勢いで海中を泳ぎ始めた。

「っ⁉」

僅か数秒ほどで両者は肉薄する。

対するガブリエラの反応は拙《まず》いものだった。水中とあって普段とは勝手が違うのか、大慌てで力を行使してみせるも、サメの鼻先で海流が多少動いた程度。むしろ、手足の操作を誤ったことで、義手がレギュレーターを叩《たた》きフリーフローが発生。

大量に漏れた空気が、気泡となって海面に向かい上っていく。

上手《うま》く呼吸ができずに、溺れ始めたガブリエラ。

完全にパニック状態である。

そうした彼女を丸呑《まるの》みにせんと、大きく口を開けたサメが迫る。

「ふがががががっ……」

巨大な顎が閉じられると共に、血液が海中を真っ赤に染めた。

透き通るほどの青色が血液によって濁る。

彼女の下へ急ぐ西野《にしの》たちの視界を遮るほどの出血。

「…………」

その光景を眺めて、ふとフツメンは違和感を覚えた。

あまりにも出来過ぎた遭遇ではなかろうかと。

彼らの周りでは他にも大勢の生徒たちがダイビングを楽しんでいる。各々にはインストラクターが付いており、監督に当たっていることだろう。大型のサメが接近して来たのなら、他の誰かが気付きそうなものだ。

しかもどうしたことか、サメはガブちゃんの足に喰《く》らい付いていた。

襲われた本人は、もはや力を行使することも儘《まま》ならない。ただがむしゃらにジタバタと、狂ったように手足を暴れさせるばかり。この調子では数分と経《た》たぬ間に、溺れ死んでしまうことだろう。

身体能力に勝るローズが早々にもサメに接近。

相手の首元に両手両足を回して、魚体に取り付かんと奮闘をみせる。

「…………」

そうした面々に対して、フツメンは両手を伸ばした。

右手でローズ、左手でガブリエラ、それぞれの腕を掴《つか》む。

そして、海上に向かい真《ま》っ直《す》ぐにフィンキック。

前者に取り付かれたサメも、これに伴い深度を上げていく。

西野はガブリエラに齧《かじ》り付《つ》いたサメに構うことなく、その巨体ごと皆々を海上に向けて引きずり上げんとする。予期せず身体《からだ》を引かれたローズは、一体何のつもりかと、ギョッとした眼差《まなざ》しをフツメンに向けた。

先にこのデカいのをどうにかしなければと視線で訴える。

だが、西野は構わずグイグイと二人を引っ張っていった。

彼女たちはすぐさま、彼の手により海上まで運ばれた。

「に、西野君！　呼吸の確保より先にサメをっ……」

「焦ることはない。落ち着いて状況を確認するといい」

海面から顔を出すや否や、ローズはレギュレーターを外して吠《ほ》えた。

その鬼気迫る面持ちを眺めたことで、フツメンは彼女が多少なりとも、ガブリエラの身を案じていることを理解した。普段から喧嘩《けんか》の絶えない彼女たちだからこそ、一連の反応に心を温かくした彼である。

「落ち着いていられる訳がないでしょ⁉」

「よく見てみろ、それはサメじゃない」

荒ぶるローズに対して、西野《にしの》は諭すように彼女の股ぐらを指し示す。

彼の視界からは、既にサメの姿が消えていた。

彼女の足によってホールドされているのは、また別の海洋生物。

本日、彼らが海に潜ってまで、その姿をウォッチせんとしていた相手。

「だ、だったら何だって言うのかしらっ！」

「ウミガメだ」

「えっ……」

西野から指摘を受けたことで、ローズもふと気付いた。

自らの足でホールドした生き物が、思ったよりもゴツゴツとしていることに。さらに言えば、そこまで大きくもなくて、しかも動きは緩慢なものだ。陸上であってもピチピチと跳ね回る魚類とは、到底思えない感触である。

自然と彼女の意識は自身の股ぐらに向かう。

「…………」

するとそこには、たしかにカメがいた。

抱き上げられたウミガメは、ローズに切なげな眼差《まなざ》しを向けている。

どうか勘弁して下さいと。

乱暴はしないで欲しいと。

少なくともこれを眺める二人には、そのように感じられる面持ちだった。

しばらく見つめ合ったところで、暴れる素振りも見られない。

彼女の怪力を理解したことで、自力での脱出を諦めたのだろう。

「理解しただろうか？」

「……ええ、たしかにウミガメのようだわ」

全長一メートルほどの個体である。

海中から顔を出している。

それがローズに抱かれて、ぐったりとしていた。

ガブちゃんに噛《か》み付《つ》いていたりもしない。

彼女が股を開くと、先方は大急ぎで海中に向かい逃げていった。

「カメって意外と愛嬌《あいきょう》があって、可愛《かわい》らしい生き物なのね」

「その点は否定しない」

脅威が去ったことで、改めて二人の注目はガブリエラに向かう。

意識こそ失いぐったりとしているが、これといって怪我《けが》は見られない。噛みつかれた筈《はず》の足も綺麗《きれい》なものだ。そして、もし仮にサメが本物であったとしても、彼女の脚部は義足であるから、決して血が流れ出るようなことはない。

「ところで西野《にしの》君、まさかとは思うけれど……」

「ああ、このタイミングで襲撃を受けるとは思わなかった」

二人の脳裏に浮かんだのは、つい昨晩にも敵対した相手だ。

顔立ちはおろか、性別や年齢も不明の異能力者である。

「貴方《あなた》も当初、サメの姿を見ていたのは間違いないのよね？」

「見えていた。かなり上等な力の持ち主だと思われる」

「【ノーマル】でも対処に困る相手がいるなんて驚きだわ」

「物理的な作用が影響しない能力となると、対処法は限られてくる」

ローズが落ち着いたのを確認して、西野は彼女の腕を放した。ガブリエラを自らの下へ引き寄せると共に、すぐ正面に浮かんでいた彼女に、ぐいっとその身体《からだ》を差し出す。サメの脅威から脱したとはいえ、呼吸は止まってしまっている。

一刻を争う状況にあるのは間違いない。

「悪いが蘇生《そせい》を頼む。こちらは海中の様子を探ってくる」

「分かったわ」

ガブリエラをローズに託して、西野は再び海中に向かった。

海上では三人の姿に気付いたインストラクターが、大慌てでボートを向かわせた。船上からは彼らを心配する声が矢継ぎ早に上がっている。騒動に気付いたのか、周囲では他所《よそ》のグループのボートが移動を始めた。

周囲の反応に構うことなく、フツメンは海底に向かい潜水。

静けさを取り戻した海中を急いで見て回る。

凸凹とした岩場の陰などは要チェック。

しかし、数分ほどを見て回ったが、それらしい人影を見つけることはできなかった。そうこうしているうちに、インストラクターの一人が西野を探して入水。これ以上の捜索は困難と判断して、彼はボートに戻ることにした。

◇　◆　◇

予期せぬサメ騒動を受けて、ダイビング体験は一時中断。西野たちはインストラクターの指示に従い、ボートで陸に戻ることになった。これは周囲で遊んでいた他の生徒や、他所《よそ》のお客も同様である。

溺れてしまったガブリエラはローズの手によりすぐさま蘇生した。いくらか海水を飲んでしまった為《ため》、当初はゲーゲーとしていたが、しばらくすると落ち着きを取り戻した。意識や肉体にも異常は見られなかった。

以降、ボートの上で行われたのはサメの確認。

どういった種類の、どの程度の大きさのサメが現れたのか。

これを解決するのに役立ったのは、竹内《たけうち》君がマスクに装着していた、防水仕様のアクションカメラだった。そのレンズには入水から事故発生に至るまで、水中での出来事がしっかりと収められていた。

　するとどうしたことか、映像にはサメがチラリとも出て来なかった。

それでも何かしらの姿を求めたとすれば、ウミガメ。

大きさも西野《にしの》とローズが確認した個体と同じくらい。

これが彼らへ接近すると共に、インストラクターにより鳴らされた笛の音が響いた。直後には慌てたガブリエラの溺れる様子が映っていた。義手がレギュレーターを叩《たた》いて、空気が漏れ出すところまでしっかりと確認できる。

直後には西野とローズが彼女に向かい急いだ。

動画を撮影していた竹内君も当初、これに倣わんとしていた。

だが、映像にフツメンが映ったのと前後して、イケメンは転進を決定。以降はボートに戻るまでの様子が収められていた。海より上がってからはマスクを外した為《ため》か、騒々しくする面々の声と共に、延々と空が映っていた。

不幸中の幸い、ローズがカメを抱き上げるシーンは撮影されていなかった。

そして、映像の確認を終える頃にはボートも港に到着。

結果として同所でのサメ騒動は、インストラクターの誤判断と、それに伴う恐慌状態が見せた一種の集団パニック現象として処理されることになった。

周囲で潜っていた他のインストラクターやお客、事故発生の直後に行われた調査からも、サメの存在が確認できなかった為である。更には映像にさえ映っていないとあらば、第三者を説得できる当事者は一人もいなかった。

西野やローズがサメではなくウミガメであったと証言した点も大きい。

けれど、それを素直に信じられるのは、サメを目撃していない者だけ。

「委員長、あれって絶対にサメだったよね？」

「うん。私もリサの言う通りだと思う」

パラソルの下、青々とした海を眺めて、委員長とリサちゃんは頷《うなず》き合う。

彼女たちからすれば完全にとばっちり。

砂浜に敷かれたシートの上、体育座りでぼんやりと海を眺めている。

ダイビングの装備を脱いだ面々は、水着姿となり海岸を訪れていた。

昼食を終えてしばらく、依然として太陽は高いところにある。しかし、再び海に潜る気にはなれず、残り時間を砂浜で遊ぶことに決めた次第だ。これは他の生徒も同様であって、界隈《かいわい》にはチラホラと見知った姿が見受けられた。

浅瀬で泳いだり、ビーチバレーを楽しんだり、思い思いに時間を過ごしている。

「待たせてごめん、売店が混雑しててさ……ってあれ？　ローズちゃんたちは？」

「委員長、これどう？　めっちゃトロピカルじゃない？」

飲み物を手にした竹内《たけうち》君と鈴木《すずき》君が、二人の下にやって来た。

前者はパラソルの下に一部メンバーの不在を受けて、キョロキョロと周囲を見渡す。彼らが買い出しに向かう以前、同所には西野《にしの》やローズ、ガブリエラ、松浦《まつうら》さんの姿があった。ダイビング以降も、なし崩し的に行動を共にしていた面々だ。

「ローズちゃんたちはトイレだね。松浦さんも一緒だよ」

「あ、そうなんだ」

「そっちこそ西野君はどこに行っちゃったのかしら？」

「あぁ、アイツも売店に行く途中、トイレに行くからってさ」

委員長の隣に鈴木君、リサちゃんの隣に竹内君が腰を下ろす。ありがとう、どういたしまして、云々《うんぬん》、ドリンクを受け渡ししつつ、自然と行われたポジショニングは、主に鈴木君の意思を尊重した竹内君によるものだ。

「竹内君、あれ絶対にサメだったたって思わない？」

「いや、どうだったかなぁ……」

リサちゃんから竹内君に疑問が投げかけられた。

西野やローズの存在も手伝い、彼は返答に躊躇《ちゅうちょ》する。また何か人智《じんち》を超えた騒動が起きているのではないか、とは的を射た想像だ。そうなるとイケメンとしては、フツメンの言葉に信憑性《しんぴょうせい》を覚えていた。

「っていうか、竹内ってばマジで凄《すご》いよな？」

「はぁ？　何がだよ」

「だってお前、サメに向かって行こうとしてたじゃん」

「いやいや、結局は逃げたたし。サメじゃなくてカメだったし」

当初、自らの毒を利用すれば或《あ》いは、などと考えたイケメンである。

そうした思惑も、フツメンの姿を確認して霧散していた。

その事実に歯がゆさを覚えている竹内君である。

他方、彼の心中など知らず、鈴木君とリサちゃんは盛り上がりを見せる。

「だとしても、躊躇している時点で半端ないって！」

「インストラクターの人とか、全力で逃げてたもんねぇ」

「あの人、後でめっちゃ怒られてたぜ？」

「え、なにそれ。気になるんだけど」

「ボートが戻ってから、港で待ち時間があったじゃん？　あのときに裏の方で、上司っぽい人からめちゃくちゃ怒鳴られてたんだよ。英語とか全然分からなくても、あ、これヤバいやつじゃん、なんて思えるくらい」

「竹内《たけうち》君の動画にも、逃げるときの姿が映ってたよね」

未《いま》だに興奮が治まらないのか、二人はしきりにイケメンを持ち上げる。今晩あたりには他の生徒にも噂《うわさ》が波及しそうだ。明日の朝には巡り巡って、サメハンターの称号を得ていそうな勢いである。

「でも、そ、それを言ったら西野《にしの》君とか……」

二人のやり取りを耳にしていて、ふと委員長が呟《つぶや》いた。

その口から漏れたのはフツメンの名前である。

「アイツにはウミガメに見えてたんだし、そりゃ逃げないでしょ」

「ローズちゃんも同じこと言ってたよね。やっぱりカメだったのかなぁ？」

「………………」

委員長としては釈然としない顛末《てんまつ》であった。

一方で竹内君たちと別れたフツメンは、同じく委員長たちの下を発《た》ったローズとガブリエラの二人と合流していた。場所はパラソルが立ち並ぶ界隈《かいわい》から離れて、砂浜にところどころ岩肌の見え隠れするビーチの隅の方。

人気《ひとけ》も疎《まば》らな界隈は、秘密の相談をするには絶好のスポットだ。

「西野君、あの後だけれど、どうだったのかしら？」

「残念ながら何も発見することはできなかった」

「……そう」

「恐らくは他所《よそ》の客のボートに紛れて、我々に接近したのだろう。事故死を狙っていた点や、撤収の手際の良さからも、この手の工作に慣れが感じられる。今後も十分に注意する必要がありそうだな」

「貴方《あなた》にそう言われると、背筋がゾクゾクとしてしまうわ」

「どのような些細《ささい》なことでも、違和感を覚えたらよく観察してみるべきだ」

付近には彼らの他に人の姿は見られない。

互いに面と向かって話をしている西野とローズの傍《かたわ》らでは、砂浜にしゃがみ込んだガブリエラが砂を弄《いじ》くり回している。手元には彼女によって掘り返され、そして、積み上げられた小さな山が窺《うかが》える。

「上等です。次は絶対に騙《だま》さレません。絶対に捕ラえてみせます」

ブツブツと呟く姿からは、先方に対する怨恨が窺えた。

ダイビングに臨んだ当初とは一変、不満がありありと感じられる。

「あまり力み過ぎてもよくない。肩の力を抜いて構えるといい」

「屈辱です。ああまでも一方的に扱わレて、大人しくはしていラレません」

「まさかとは思うけれど、貴方《あなた》、サメに驚いて漏らしてしまったのかしら？」

「っ……も、漏ラしていません！　断じて違いますっ！」

どうやら図星であったようだ。

ガブちゃんは顔を真っ赤にして吠《ほ》えた。

砂を扱う手の動きも、これに応じて激しいものとなる。

「どこの誰だか知リませんが、許しません。いつかヒーヒー言わせます」

「……そうか」

苛立《いらだ》ちを吐き散らかしながら、せっせと砂の山を拵《こしら》えていく。

身体《からだ》を動かしていないと居られないのだろう。

そんな彼女を脇目に眺めつつ、ローズは改めて西野《にしの》に言う。

「いずれにせよ、このタイミングで仕掛けて来たということは、先方は私たちを朝っぱらから監視していたのか、あるいは事前にこうして海に向かうことを知っていた、ということになるわよね」

「フランシスカから指示のあった、現地の協力者とやらが気になる」

「あれも今日のサメと同じ、ということかしら」

「恐らくだが、本人は既に亡くなっているのではないか？」

昨晩にもお邪魔した飲食店の店員である。

西野とガブリエラで異なって聞こえた先方の方言。当時のやり取りを思い起こして、ローズは本日のサメ騒動の犯人が、昨日も現場に居合わせたことを理解した。またしても手の平の上で踊らされた彼女たちである。

「だとしても、本日の予定まで押さえられているとは思わなかったわ」

「初日のお姉様が、後を付けラレていたのではありませんか？」

「そこまで稚拙なミスはしないわよ」

「相手は感覚器官を誤魔化《ごまか》してくルのですから、絶対はあり得ません」

「砂遊びをしながら凄《すご》まれても、どだい説得力に欠けるのだけれど」

「いずれにせよ、予定されていたデータとやらの扱いが気になる」

「その点も含めて、使えない上司に連絡を取ってみるとしましょう」

「ああ、そうするといい」

直近の予定が立ったことで、人目を避けての打ち合わせは一段落。ローズは砂浜に戻らんと踵《きびす》を返した。ガブリエラも手に付いた砂をパンパンと払って立ち上がる。その背を追いかけるよう、西野も二人に続いて歩み出さんとする。

これと時を同じくして、界隈《かいわい》に覚えのある声が届けられた。

「あ、西野君、こんなところにいたんだ」

「松浦《まつうら》さん、どうしたんだ？　わざわざこんな場所まで」

「それはこっちのセリフじゃない？」

ちょうど彼らが向かおうとした方面から、松浦《まつうら》さんがやって来た。

彼女は見知った顔を確認して、駆け足で近づいてくる。

「トイレを出たところで二人と会った。その流れで軽く散策していた」

「そういえば学校でも、ローズさんたちとたまに話とかしてるよね」

西野《にしの》の言い訳を受けて、彼女の視線がローズとガブリエラに向けられた。

その眼差《まなざ》しに不穏なものを感じた金髪ロリータから即座に声が上がる。

「そういう貴方《あなた》はどうして、こんな場所までやって来たのかしら？」

「トイレの前で二人のこと待ってたんだけど、一向に出てこないでしょ？　竹内《たけうち》君たちのところにも戻っていないみたいだし、どこに行ったのかなって思ってさ。あのメンツで西野君たちがいないと、私も居心地が悪いから」

「ごめんなさい、まさか待っているとは思わなかったわ」

実際にはローズやガブリエラと同様、西野と二人きりになるタイミングを見計らっていた松浦さんだ。しかし、フツメンの意向も手伝って彼女たちに先を越された結果、浜辺を一人で徘徊《はいかい》する羽目となっていた。

当てなく歩き回って、ようやく彼を捕捉した形である。

「すまない、委員長が一緒なら問題はないと考えていた」

「っていうか、オーディションやってるときにも思ったんだけど、学外で話すときの西野君、教室で話しているときよりも更に尖《とが》ってない？　もしかして学内とは別でキャラ作ってたりするの？」

「そうだろうか？」

会話の主導権を確保しつつ、松浦さんは自らの女体をアピール。

布生地も少ない三角ビキニを着用した彼女は、両腕を胸の下で組んで、はち切れんばかりのオッパイをフツメンの前に掲げる。どうよ、どうなんよ。時折クネクネと身じろぎなどして、お尻周りの主張も忘れない。

ローズ的には恨めしい光景だった。

どれだけ望んでも得ることが叶《かな》わない双丘である。

ガブちゃんは自らのブツを見下ろし、近い将来に期待を込めた。

「あ、そうだ。キャラ作りといえば、委員長が西野君のことで息巻いてたよ」

「委員長がどうかしたのか？」

「この旅行中に教育してみせるってさ」

「教育？」

どことなく危うい響きの感じられる物言いを受けて、童貞の胸が高鳴る。

けれど、それも次の瞬間には明確に否定された。

「全体的に空気とか読めてないでしょ？　そういうところ」

「…………」

速攻で西野《にしの》調教プロジェクトの存在を本人にバラした松浦《まつうら》さん。回りくどいことをするより、真正面から当たった方が早いと考えた彼女だった。少なくとも目の前の男子生徒は、自分が言っていることの意味が理解できないほど馬鹿ではないと判断したようである。

この場で伝えれば、あとは委員長がどうにかするだろうとも。

さり気なく話題に上げて、見事玉砕した荻野《おぎの》君とは対象的なアクションだ。

そして、二人の間で言葉が交わされていたのも束《つか》の間《ま》のこと。

話題に自らの付け入る隙を見つけたことで、ローズから反論の声が上がった。

「そうかしら？　私は今のままで構わないと思うのだけれど」

「え、普通にウザくない？」

「それは個人の感覚的な問題ではないかしら？　十分個性の範疇《はんちゅう》よ」

世渡りを覚えた童貞野郎が、そこいらの軽い女に誑《たぶら》かされる。今まさに訪れようとしている危地を、そう遠くない未来に垣間見《かいまみ》たローズだ。ここ最近は何かと異性との接点が増えつつあることも危惧して止《や》まない。

軽い女筆頭代表の松浦さんとしては、他所《よそ》に同意を求めたいところ。

「ガブリエラさんはどう思う？」

「私は、西野五郷《ごきょう》が西野五郷であルなラ、そレで構いません」

「……え、なにそれ。いきなり深い愛を感じるんだけど」

どこまでも一直線な返答だった。

伊達《だて》に繰り返し交際を迫っていない。

同じような思いを胸に秘めていたローズとしては苛立《いらだ》たしい問答。

それは私のセリフであった筈《はず》なのにと、ガブちゃんを睨《にら》みつける。

「お姉様、怖い顔をしてどうしたのですか？」

「……なんでもないわ」

他方、志水《しみず》の動向を耳にした西野は、申し訳ない気持ちが胸に溢《あふ》れた。

旅先でも彼女に迷惑を掛けてしまっていると、過去の行いを反省である。これまでも繰り返し、何かに付けて駄目出しを受けてきたフツメンだ。それでも自然とシニカルを気取ってしまうからたちが悪い。

何故《なぜ》ならば、本人にとっては至って普通のこと。

それこそ地方出身者が自然と方言を口にしてしまうかのように。

けれど、配慮することは大切だろうと、改めて自らに言い聞かせる。

委員長に対する思いが、西野に自身の行いを、いつになく意識させた。

「色々と教えてくれてありがとう、松浦《まつうら》さん」

「お礼とか言われるほどでもなくない？」

「今後は十分に気をつけるようにする」

「あ、それとこれ委員長には内緒だからね？」

「承知した」

ローズとしては余計なお世話以外の何物でもない。もし万が一にも、目の前の唐変木が好青年に化けたりしたら、それはもう大変なことだ。少しくらい気持ち悪い方が、彼女としては都合がよろしい。

自《おの》ずと二人のやり取りを遮るように、提案の声も漏れていた。

「ところで、そろそろ戻らない？　せっかくの海なのだから楽しまないと」

「ああ、そうだな」

作戦会議を切り上げた西野《にしの》たちは、竹内《たけうち》君たちの下へ戻ることにした。

◇　◆　◇

修学旅行も三日目の夜がやってきた。

ビーチからホテルに戻ったローズとガブリエラは、夕食を終えてから就寝までの自由時間を利用して、本日もフランシスカの依頼に対応すべく顔を合わせていた。現場は彼女たちの宿泊先となる客室だ。

事前に交わした約束に従えば、そろそろ西野がやってくる頃おい。

そうした時分のこと、ローズの懐で端末が震えた。

ディスプレイに目を向けると、フランシスカの名が表示されている。

「あの女から着信が入ったわ」

「やっと連絡が来ましたか」

日中にも繰り返し連絡を入れていたが、一向に応答のなかったフランシスカである。それが日も暮れてしばらく、ローズの下に折返しが入った。部下は部屋の中ほどに立ったまま、上司の通話を受けて端末を耳元に当てた。

ガブリエラはベッドの縁に掛けて、これを静々と眺める。

『ごめんなさい、連絡が遅くなってしまったわね』

「職務怠慢じゃないかしら？」

『急ぎの仕事が入っていたのよ。それで何かしら？』

「現地で私や彼のお仲間と遭遇したわ」

『あら、本当？　どうりで仕事が滞っていた訳だわ』

「現場の下調べくらい、ちゃんと行って欲しいのだけれど」

『レアケースなのだから仕方がないでしょう？　貴方《あなた》たちのように、偶然から一箇所に固まっている方が珍しいのよ。できることなら確保して欲しいのだけれど、もう処分してしまったかしら？』

「先方から捕捉されて交戦状態に入っているわ。何か情報があるようなら教えてもらえないかしら？　このままだと貴方が大切にしているコネが一つ、恒久的に失われる可能性も考えられるわよ」

上司を煽《あお》る部下の視線が、チラリとガブリエラに向かった。

交渉のだしにされた彼女は、不服そうな面持ちとなりローズを睨《にら》み返《かえ》す。しかし、自分たちが危うい状況に置かれていることは、ガブちゃんも重々承知しているので、反論を口にすることはなかった。

『旅行を邪魔された八つ当たりかしら？　そっちには彼がいるじゃない』

「その上での相談なのだけれど、理解してもらえると嬉《うれ》しいわ」

ローズの物言いを受けて、フランシスカにも反応が見られた。

続く言葉を失い、電話越しにも押し黙る気配が感じられる。

ややあって幾分か真剣味の増した声色で、上司から部下に確認が走った。

『……詳細な報告を上げて頂戴』

「ええ、是非とも聞いてもらいたいわね」

ローズの口から、ここ三日間の出来事が伝えられた。初日、先方と接触して空のデータと共に帰されたこと。二日目、西野《にしの》と共に挑んで、成果なく敗退を喫したこと。三日目、ダイビングの最中にガブリエラが襲われたこと。

偽物のサメや、フツメンの寸感も含めて、彼女はすべてを伝えた。

対して与えられたフランシスカからの返事は、芳《かんば》しくないものだった。

『申し訳ないけれど、現時点で伝えられるような情報はないわ』

「類似した能力者の存在はどうなの？」

『可能性の上で、該当しそうな人物のデータを送るわね』

「ええ、早めに確認できると嬉しいわ」

繰り返し話題に上げられたガブリエラは、お姉様が私のことをまた軽く扱っているなぁと思いつつも、黙って電話越しのやり取りを見守る。育ちのいい彼女は、通話の途中に割って入るような真似《まね》はしない。

その面前でローズとフランシスカは粛々と話を続ける。

『今回の仕事だけれど、彼女の生命を危機に晒《さら》してまで遂行する必要はないわ。一方的に頼み込んだ手前、申し訳ないとは思うけれど、以降は優先順位を下げてもらえないかしら。すぐに追加の人員を手配するから』

「珍しく気前がいいじゃないの」

『帰路もこっちで足を用意するわ。現地で待機していて頂戴』

「ええ、そうした方がいいと思うわよ」

ローズ的には喜ばしい指示内容だった。

これで以降は修学旅行を楽しむことができる。少なくとも夜な夜なホテルから抜け出して、寝不足になりながら仕事に励むことはない。残すところ二日間ではあるが、存分に旅行を楽しもうと強く決める。

当面の予定が決まったところで、彼女たちの通話は終えられた。

端末を耳元から下げたローズに、すぐさまガブリエラから確認の声が。

「お姉様、オバサンは何と言っていましたか？」

「貴方《あなた》もたまには役に立つことがあるのね」

「はい？」

「仕事は切り上げて、旅行を楽しんで構わないそうよ」

「なルほど」

お姉様の言葉を早々理解して、ガブちゃんは小さく頷《うなず》いた。

まだ見ぬ敵にしてやられたまま、というのは不本意ではある。お漏らしの屈辱は当面忘れられそうにない彼女だ。しかし、クライアントの指示に背いてまで、率先して争う気にもならなかった。何故《なぜ》ならば現時点で、彼女たちは大変不利な立場にある。

そうこうしていると、客室のドアがノックされた。

「どうやラ彼が来たようですね」

「ちょっと待ちなさい。今の話を聞いていなかったの？」

我先にと音のした方に向けて動き出したのがガブリエラである。

これに大慌てでローズが続く。

僅かばかりの通路を過ぎて客室のドアに臨む。

だが、いざ開かれたドアの向こう側に立っていたのは、見知らぬ十代の少年だった。それも一人ではなく二人で並び立ち、緊張した面持ちで彼女たちを見つめているから、さてどうしたことだろう。

ドアを開いたのも束《つか》の間《ま》、ローズとガブリエラは首を傾《かし》げた。

「どちら様かしら？」

「俺、西野《にしの》と同じクラスの菊池《きくち》っていいます！」

「自分もこいつと同じA組の荒木《あらき》です！」

修学旅行も残すところ二日。

旅のしおりに記載されたスケジュールも折り返し地点を過ぎて、生徒たちは過ぎゆく時間に寂しさと焦りを覚え始めていた。一生に一度の機会をより良いものにする為《ため》、何かできることはないかと、誰もが旅行を楽しむべく一生懸命。

そうした思惑は一部の生徒たちを突き動かした。

主に中層カースト以下の男子生徒。

より具体的には、年齢イコール彼女いない歴の非モテたち。

「ローズちゃん、俺と付き合って下さい！」

「ガブリエラちゃん、じ、自分と付き合ってくれませんか!?」

昨日は松浦《まつうら》さんから袖にされて、何ら成果を得られなかった面々だ。

そうした彼らの間では、ローズやガブリエラと共に女子生徒の部屋に消えていった西野《にしの》の存在が、初日のトランプ大会から続いて噂《うわさ》になっていた。フツメンを下に見ていた立場からすれば、これが面白くない話である。

どうして西野なんかが、と鬱憤を募らせる。

そのような青臭い思いが、目前に迫った修学旅行の最終日を受けて炸裂《さくれつ》。

駄目で元々、あわよくば友達から的な思惑により、ローズとガブリエラの宿泊先を訪れるに至った生徒たちだった。廊下では彼らの行く末を見守るように、曲がり角の陰に隠れて、更に数名の男子生徒がソワソワとしている。

「あぁ、そういうこと……」

「旅中は気分が盛リ上がリますからね」

合点がいったとばかり、彼らを眺めて二人は呟《つぶや》いた。

受け答えする彼女たちは落ち着いたものだ。

「申し訳ないけれど、貴方《あなた》の気持ちに応えることはできないわ」

「私も貴方のことは何も知りませんし、今のところ興味もありません」

ローズとガブリエラからは揃《そろ》ってお断り。

当初から望み薄であったことも手伝い、男子生徒二名は素直に身を引いた。いきなり変なことを言っちゃってごめん云々《うんぬん》、謝罪の言葉を繰り返しながら去っていった。だからだろう、これといって雰囲気が悪くなるようなこともなかった。

直後には遠くから、男子生徒たちの賑《にぎ》わいが彼女たちの下にまで響く。

「やっぱり無理だったわ」「俺も駄目だった」「そりゃそうだろ」「だから止《や》めとけって言ったのに」「っていうか、どうして行っちゃったんだよ?」「これはこれでいい思い出になったような気がしない?」「俺も誰かに告ってみようかなぁ」「ローズちゃん、優しく断ってくれたのマジ最高だったよ」「分かる、あの微笑《ほほえ》みは良かった」

そして、こうした男子生徒の動きは、彼女たちの部屋を訪れた二人に限った話ではなかった。ガブリエラの指摘通り、旅中とあって気分を盛り上げた二年A組の非モテ一同は、胸の内に秘めていた思いを意中の相手にぶつけることに決めた。

「おい、グルチャ見てみろよ。金子《かねこ》が佐竹《さたけ》さんにオッケーもらったらしい」「え、マジ!?」「本当かよ?」「金子の親父《おやじ》さん、たしか弁護士だったよな」「そういえば、自宅もめっちゃデカかった」「おいおい、僻《ひが》むなよ」「たしか佐竹《さたけ》さん、就職希望だったような」

「実家が太いの羨ましいよな」「マジそれな」

それこそ青春に目覚めて間もない頃の西野《にしの》さながらである。

男子生徒を見送った二人は、軽口を叩《たた》き合《あ》いながら客室に引っ込む。

「また青臭いことをしているわねぇ」

「お姉様のように、変に拗《こじ》ラせていルよりは余程健全だと思います」

「それ以上は黙りなさい」

「一部の男子生徒の動きが、噂《うわさ》になっていた理由を理解しました」

「噂?」

「お姉様はコレを知ラないのですか?」

懐から端末を取り出したガブリエラが、画面をローズに示す。

そこに表示されているのはメッセージアプリのグループチャット。複数名からなる女子生徒と思《おぼ》しきアカウントの発言が、現在進行形で次々と投稿されている。ガブちゃんが指を動かすと、ディスプレイを下から上に過去の会話が流れた。

それなりに遡っても、日時の変化は微々たるもの。

かなり頻繁にテキストがやり取りされている。

話題に上っているのは、男子生徒から相次いでいる告白だ。

「こんなに熱心になって、何が面白いのかしら？」

「自分たちも期待していルのではありませんか？」

「それにしては辛辣な言葉が並んでいるけれど」

「告白を受け入レルか否かはさておいて、異性かラ求めラレた事実は彼女たちにとって、多少なリとも価値があルのでしょう。そうでなけレば、わざわざアプローチを受けた事実を他者に言い触ラすこともありません」

「自らの価値を他者に依存するほど、危うい行いはないと思うのだけれど」

「でしたラお姉様も彼かラ距離を置いて、自ラを見つめ直したラどうでしょう」

「私は彼に依存している訳ではないわ。ただ、自分の物にしたいだけよ」

「ソレはソレで酷《ひど》い話だとも思いますが」

　二年A組の男子生徒たちの動きは、他クラスでも話題になっているようであった。ローズやガブリエラがそうであったように、クラスの垣根を越えて、各所で突発的な告白が行われているようだ。

　西野のせいで、大規模な告白ムーブを迎えた二年A組である。

　本人が知ったのなら、そのやたらと青春臭いイベントを受けて、胸を高鳴らせたことだろう。しかし、残念ながらフツメンはクラス内に数多《あまた》存在するチャットグループに、一つとして参加していなかった。

当然ながらこうした情報は、彼の下まで届くこともない。

そうこうしていると、またも部屋のドアがノックされた。

コンコンコンと乾いた音が客室に響く。

「また、同じような用事かしら？」

「確認してきましょう」

先んじて動いたガブちゃんが、ドアのスコープを覗《のぞ》き込《こ》む。

するとそこには待ち人の姿があった。

彼女は即座にドアを開いて応じる。

ローズも彼の姿を確認して部屋の出入り口に急いだ。

「待っていました。こちラは既に支度ができています」

「とりあえず中に入ったら？　外には生徒の目があるかもしれないし」

「ソレもそうですね」

出入り口に立って言葉を交わすローズとガブリエラ。

これにフツメンは小さく頷《うなず》いて言った。

「ああ」

「今ならベッドの上に散らかった私の下着が拝みたい放題よ？」

「アレは汚ラしいので、さっさと片付けて欲しいです」

「………」

二人に促されるがまま、フツメンは無言で一歩を踏み出した。

時を同じくして、動きを見せたのがローズである。

客室のベッドルームに先方を招き入れんとしていた姿勢から一変。

背後に立った彼に対して、振り返りざまに拳を放った。

「っ……」

フツメンの反応は顕著だった。

懐から拳銃を取り出すと、躊躇《ちゅうちょ》なく彼女に対して引き金を引く。

パァンパァンと甲高い音が室内に響いた。

照準はローズの頭部に定められている。

しかし、放たれた弾丸は彼女の鼻先でピタリと静止。

ガブリエラの力によって見事に受け止められた。

数瞬の後、凶弾は成果を上げることなく床に落ちる。

そして、本来なら相手の頭部を捉えていただろうローズの拳も、残念ながら頬《ほお》を掠《かす》める
に過ぎなかった。予備動作が大きかった為《ため》か、先方に避《よ》ける隙を与えてしまったようだ。

発砲による抵抗を受けたことで、続く攻勢にも至れていない。

「そこは当てて欲しいところです、お姉様」

「できることなら連れて帰りたいでしょう？」

間髪を容《い》れず、フツメンの挙動に変化があった。

彼女たちから踵《きびす》を返して、客室から逃げ出す。

即断即決、一連の熟《こな》れた挙動を目の当たりにしたことで、ローズとガブリエラは相手が何者であるかを即座に理解した。まさかこうして居室を訪れた相手が、見た目通りの人物だとは思わない。

「貴方《あなた》、どうして備えていたのかしら？　一発くらいは覚悟していたのだけれど」

「お姉様の下ラない挨拶に、彼が皮肉の一つも返さない筈《はず》がありません」

「そうして彼のことを分かったような口を叩《たた》くの、とても憎たらしいわ」

二人は大慌てで偽西野《にしの》を追いかけた。

客室を飛び出して廊下に出る。

彼女たちの見つめる先で、相手は曲がり角の先へ。

その背中を追いかけて、二人は駆け足で廊下を進む。

しかし、角を過ぎた直後、そこに相手の姿は見つけられなかった。

「どこへ逃げたのかしら？」

「あの妙な力でカメレオンのように隠レたのではありませんか？」

「そこまで言うなら、貴方の力でどうにかして炙《あぶ》り出せないの？」

「既にやっていますが、そレラしい感触はありません」

「……そう」

自然と彼女たちの足も止まる。

他に誰の姿も見られない廊下を、二人してジッと見つめて過ごす。

静止してから数秒ほどが経過しただろうか、ガブリエラがボソリと呟《つぶや》いた。

「お姉様、部屋に戻って本物が来ルのを待ちませんか？」

「分かったわ。ついでに他所《よそ》へも連絡を入れておきましょう」

「他所とは？」

「彼のことを知っているクラスメイトへの忠告よ」

「なルほど」

危ない橋は渡るなと、上司から釘《くぎ》を刺されたばかりのローズだ。

この場は素直に頷《うなず》いて、本物のフツメンと合流すべく客室に戻ることにした。

◇ ◆ ◇

同時刻、ホテルで夕食を終えた委員長は自室で寛《くつろ》いでいた。

本日はこれからしばらくしたら、リサちゃんの部屋に向かう予定だ。そこで彼女や竹内《たけうち》君のグループと合流して、ホテル内を散策したり、客室でアナログゲームに興じたりといった予定が待っている。

ルームメイトの松浦《まつうら》さんは不在。

食事を終えるや否や、すぐに西野《にしの》を求めて部屋を出ていった。

二年A組の非モテ層に訪れた告白ムーブ。これを利用してフツメンとの距離を縮めようと考えた彼女だ。今晩は部屋に帰らないかも、とは出かけ間際に伝えられた一言。志水《しみず》としては危機感を煽《あお》られる発言だが、黙って見送る他になかった。

そうして生まれた僅かばかりのスキマ時間でのこと。

彼女のスカートのポケットで、端末がブブブと振動を発した。

取り出してディスプレイを確認すると、そこにはローズの名前。

「…………」

一瞥《いちべつ》して気を滅入《めい》らせた委員長である。

それでも数コールほどで覚悟を決めて、怨敵からの通話を受けた。

「はい、志水です」

『いきなりだけれど、西野君の偽者を見かけたら教えてもらえないかしら？』

「はぁ？」

金髪ロリがまた変なことを言い始めた、と委員長は思った。

志水《しみず》の困惑に構わず、ローズは言葉を続ける。

『昼のダイビング体験で、サメがどうのと騒ぎになっていたでしょう？　あれと同じようなことがホテル内で起こっていると考えてくれて構わないわ。もしかしたら彼以外にも、誰かの偽者が現れるかもしれないから』

「えっ、それってもしかして、海の中で私たちが見たサメは……」

『伝えたかった話はそれだけ。それじゃあ頼んだわよ』

言葉を交わしたのも束《つか》の間《ま》のこと、回線は一方的に切断された。

通話していた時間は僅か数十秒。

委員長は端末の画面を睨《にら》みつけて、ハァとため息を一つ。

「偽者とか言われても、どうやって判断しろって言うのよ」

サメ騒動の顛末《てんまつ》についても、事後に説明を受けた覚えはない志水だ。

あまりにも唐突な忠告と催促である。

それでも機微に優れた委員長は過去の経緯から、フツメン一派が扱う不思議な力や、それに類する何かしらの現象が、すぐ近くで騒動を起こしているのだと理解した。結果として偽者とやらが出回っているのだろうと。

「…………」

スタンバイ状態となり、ディスプレイが消えた端末。

真っ暗になった画面を眺めて、まだ見ぬ偽者の存在に意識を巡らせる。

そうしていると、客室のドアがコンコンと軽くノックされた。

「あ、はい」

反射的に声を上げて、委員長は廊下に面したドアに向かう。

リサたちがやって来たのかもしれない、などと考えつつ駆け足で移動。昨日までも割と気軽にお互いの部屋を行き来していた彼女たちである。僅かばかりの通路を過ぎて、彼女は躊躇《ちゅうちょ》なくドアを押し開いた。

するとそこに立っていたのは、今まさに話題に上っていた人物。

「え、どうして西野《にしの》君が……」

「いきなり連絡もなしに来てしまってごめん」

「べ、別にそれはいいけど……」

ローズからの忠告も手伝い、普段以上に緊張が走った志水。

自然と目の前の人物を品定めするかのように見つめてしまう。

これに構わず、廊下に立った彼は飄々《ひょうひょう》とした態度で言った。

「もしよかったら、これから二人で軽く話さない？」

「………」

委員長は思った。なんかコイツちょっと変だぞ、と。

具体的には、こうして語りかける口調が変だった。

普段から妙ちくりんな喋《しゃべ》り方《かた》をするフツメンではあるが、今この瞬間、輪をかけておかしい。本来なら至って普通の言動が、普段の彼に毒されて久しい為《ため》か、これはこれで聞いていて違和感が先行する。
二、三言を耳にした限りでも、背筋がゾクゾクとしてしまった志水《しみず》だ。
「どうしたんだい？　委員長」

「それはこっちのセリフなんだけど、西野《にしの》君、どうしたの？」

「少しばかり思うところがあってな。いや、あったものでさ」

早々にも思い起こされたのは、ローズから伝えられた忠告だ。

西野君の偽者が出たら教えて欲しいのだけれど、とのこと。

偽者という意味では、これほど怪しい存在はない。

見た目こそ彼女の知る人物と瓜二《うりふた》つ。ホスト騒動からしばし、段々と茂りを取り戻しつつある眉など正に。それでいて妙に爽やかな語り草が、眺めていて非常に気色悪い。これならまだ、普段の言動の方がマシだとは素直な思い。

だからだろう、これは絶対に違うと、志水の心が警笛を発していた。

「えぇっと、あの……ちょ、ちょっと待ってもらってもいい？」

「分かった。ここで待っててもいいかな？」

「う、うん。それでお願い」

得体の知れないフツメンを部屋の前に残して、委員長は客室に引っ込んだ。

ドアを閉めてオートロックが掛かったことを確認。

懐から端末を取り出した彼女は、大急ぎでローズを呼び出した。

「出たっ！　出たわよ、西野君の偽者！」

『あら本当？　どこにいるのかしら』

「私と松浦《まつうら》さんの部屋の前。それで分かる？」

『志水さんの部屋の前？　どうしてそんなところに出たのかしら……』

『電話の相手は志水千佳子《ちかこ》ですか？　だとすレば、彼とは自由行動のグループを共にしていました。なんラかのタイミングでコレを確認していた先方が、彼女を人質に取ロうと考えたのではありませんか？』

『その可能性はあり得るわね』

端末の向こう側からはローズのみならず、ガブリエラの声も聞こえてきた。

物騒極まりない彼女たちの会話を耳にして、委員長は背筋が伸びる思いだ。

『分かったわ。すぐに行くから引き止めておいて頂戴』

「う、うん……」

正直、相手をしたくない委員長だった。

だってなんか気持ち悪い、とは僅かなやり取りで抱いた感覚。

けれど、断ることもできなくて頷《うなず》いてしまう。

回線はまたもローズの方から、一方的にブツリと切られた。あまりにも短い通話時間の表記を端末のディスプレイに眺めて、委員長はしばしの硬直。このまま放っておいたら駄目かしら、などと自問自答。

ややあって覚悟を決めると、彼女は再び部屋の出入り口に向かった。

「ごめんなさい、西野《にしの》君。待たせてしまって」

「いいや、気にすることはないさ」

「そ、そう？　ところで私たちの部屋なんだけど、ちょっと散らかってて」

「だったら僕の部屋で話そうか？　今なら荻野《おぎの》君は留守にしている」

「っ……」

何気ないフツメンからのお誘いが、これまた委員長的に辛《つら》い。

本来であれば多少なりとも胸に響きそうな口説き文句が、脇腹をくすぐられているかのように志水《しみず》のメンタルへ響いた。小っ恥ずかしくて仕方がない。せめて化粧をしていれば、などと過去に垣間《かいま》見《み》た雰囲気イケメンを偲《しの》ぶ。

「せめて用件だけでも、ここで聞いちゃいたいんだけど」

「委員長に渡したいものがある。できれば人目がない場所で……」

ロ－ズの指示通り、志水は必死になって時間を稼ぐ。

すると数分と経《た》たぬ間に、廊下の曲がり角から待ち人がやって来た。

「あっ、本当にいました」

「また逃げられては堪《たま》らないわ。さっさと拘束して頂戴」

「分かりました」

ロ－ズのみならず、ガブリエラも一緒である。

行く先にフツメンの姿を確認した彼女たちは、廊下を駆け足で急いだ。先行する前者に至っては拳を振り上げていたりするから、これを彼と共に迎え入れた志水としては、なかなかおっかない光景である。

「っ……こ、この感触は、お姉様ちょっと待って下さ……」

「その姿に化けたことを後悔させてあげる」

ロ－ズの腕がフツメンの腹部に向かい伸びた。

しかし、突き出された小さな拳は対象を捉えるには至らない。

その正面から数センチほどで、目に見えない壁を殴りつけたかのように静止。勢い付いた肉体は、全身の関節をミシリと鳴らせる羽目になった。筋という筋を痛めて、彼女の口からは声にならない悲鳴が上がる。

更には目に見えない何かに潰されて、ビタンと床に張り付く羽目となる。手足はおろか指先さえ動かせない強烈な圧迫感に、ヒギィと悲鳴が漏れた。これは間違いなく本物だと、ローズは目の前の人物を理解する。

その姿を眺めて、先方から呆《あき》れたように声が掛かった。

「アンタたち、まさかとは思うがまた化かされたのかい？」

「……………」

「それとも化かされているのは、僕の方だったりするのか」

こうなるとローズも上手《うま》い返事が浮かばない。

代わりに彼女の視線は志水《しみず》へ向けられた。

首から上だけは辛うじて自由があった。

「志水さん、こちらの彼は偽者じゃなかったのかしら？」

「に、偽者じゃないの？」

「本人はそのように主張しているけれど？」

「……………」

廊下にうつ伏せで倒れたまま、ローズは志水を見上げて訴える。

その頬《ほお》は苛立《いらだ》ちからピクピクと震えていた。

これと前後して、ガブリエラがすぐ隣に並んだ。お姉様と同様、西野《にしの》に対して力を振るっていた彼女だが、即座にこれを防がれたことで、目の前のフツメンが本物であると理解したようである。

自《おの》ずと二人の注目は委員長に向かう。

それでも志水は目の前の人物の異常性を主張した。

「だけど、へ、変なのよ！　ちょっと話してみれば分かるから！」

「二人とも大丈夫かい？　この姿が違って見えているのだろうか？」

西野が呟《つぶや》くと同時に、ローズを押さえつけていた力が解かれた。

その口調は依然として、キャラクターを作っているかのようだ。野暮《やぼ》ったいフツメンの顔立ちに、やたらと似合わない爽やか系を装った言動である。本人の脳裏では、現在の自身がどのように見えているのか、志水は甚だ疑問だった。

「たしかに普段にも増して気取った言動ではありますが……」

「そうでしょ？　こんなの絶対に変じゃないの」

志水から立て続けに与えられた駄目出し。

即断された、変、という評価。

これを受けて、ようやくフツメンの表情が崩れた。

「……そんなに変だろうか？」

口調も以前までの響きに収まりを見せる。

平静を装いつつも、どことなく残念そうな雰囲気が感じられた。

物言いたげな眼差《まなざ》しを受けて、自《おの》ずと委員長からは追及の声が上がる。

「どうしてそんなことになってるのよ？」

「いやその、なんだ……」

本人は至って真面目だが、彼女からすれば一方的にからかわれたようなもの。

原因は単純明快。本日の午前中にも松浦《まつうら》さんより、西野《にしの》調教プロジェクトの存在を伝えられたからだ。発端が委員長にあると知ったのなら、フツメンとしても歩み寄りの意思を示さずにはいられない。

しかし、努力のベクトルは明後日《あさって》な方向に向けられていた。

結果的に偽者扱いの上、ローズから腹パンを見舞われる羽目となった。

「旅行中くらい、学生らしさを出そうと考えたのだが……」

「一体何を参考にしたら、ああなっちゃうのよ？」

松浦さんからは、あ、それとこれ委員長には内緒だからね？と伝えられていた手前、事の経緯を素直に伝えることは憚《はばか》られた。そこで理由を適当にでっち上げたところ、彼女からは追及が続けられた。

どうやら先程の問答が、存外のこと気に入らなかったようだ。

「竹内《たけうち》君の在り方を参考にした」

「そんなの口調だけ真似《まね》たところで全然意味ないわよ！」

「ああ、どうやらそのようだ」

二年A組において、フツメンが誰よりも尊敬している人物である。

尊敬されている側からすれば、これほど迷惑な話はない。

「っていうか、西野君ってどうしてそんなに竹内君のこと好きなの？」

「当然だろう？　彼には色々と世話になっている」

「え、なんでそうなるの？」

「文化祭では危ういところを庇《かば》ってもらった。卒業旅行にも誘ってもらった。サッカー部で忙しくしている傍《かたわ》ら、部活動で協力を得たこともあった。職業体験でも色々と融通してもらったな。あぁ、思い起こせば、竹内君には世話になってばかりだ」

「…………」

たしかに、言われてみればそのとおりかも。

と、今更ながら委員長は気付いた。

事実、竹内君が西野に対して、悪意のある行動を取ったケースはほとんどない。クラスの都合を優先した結果、フツメンの利益が損なわれたケースはあるが、それも後者の自業自得な場合がほとんどだ。

数少ない例外は松浦さんとの関係だが、それ自体も元はと言えば、フツメンがローズをあの女呼ばわりして、彼を煽《あお》ったことが発端となっている。しかも当時は、竹内《たけうち》君がローズへの好意をカミングアウトした直後であった。

こうして考えてみると、志水《しみず》のほうが余程西野《にしの》に酷《ひど》いことをしている。文化祭ではローズとの関係を破壊し、暴力行為にまで至った。卒業旅行では繰り返し迷惑を掛けた上、碌《ろく》に謝罪もしていない。一方でなにかと危ないことに巻き込まれては、相手の好意から幾度となく助けられている身の上。

あれ、私ちょっとヤバいかも。

そう思うと同時に、申し訳ない気持ちが胸中に溢《あふ》れてきた委員長だ。

「あ、あの、西野君、私……」

そして、西野に対する害意という意味では、志水など足元にも及ばないほど悪行を繰り返してきた女が、今も彼女のすぐ近くに立っている。手を伸ばせば触れられる位置で、二人のやり取りをジッと監視するように見つめている。

そう、ローズである。

「どうした？　何か気になることでもあっただろうか」

「気になることっていうか、その、私、これまで……」

急にしおらしくなった志水の姿を眺めて、ローズの脳裏に警笛が鳴る。

これ以上は語らせるべきではないと、独占欲が身体《からだ》を突き動かす。

委員長の口上を遮るように、金髪ロリータは両者の会話に割って入った。

正面からフツメンを見つめて問いかける。

「取り込み中のところ悪いけれど、西野君はどうして志水さんの部屋を訪れたのかしら？　貴方《あなた》が偽者でないというのなら、念の為《ため》に理由を教えてもらえると嬉《うれ》しいわ。その方が私たちも安心できるから」

「あぁ、委員長にはこれを渡しに訪れた」

それらしい確認の言葉を受けて、西野の腕が動いた。

志水の面前、彼はシャツの裾を少しだけ捲《まく》り上《あ》げる。

ここ最近、ブレイクダンスの練習に精を出している為か、垣間《かいま》見《み》えた西野の腹部にはほんのりとシックスパックが窺《うかが》えた。もやしボディーは元来皮下脂肪が少なく、筋トレの影響を顕著に彼女へ伝えていた。

予期せぬ腹チラを受けてドクンと高鳴る委員長の胸。

けれど、それも束《つか》の間《ま》のこと。

彼女の意識は早々にも、ズボンと腹部の間に挟まれた拳銃に向かった。

「ちょっと、な、なんでそんなものっ……」

「身の回りが賑《にぎ》やかになってきたので、護身用にと考えたのだが」

「それってまさか、ローズさんが言ってた西野君の偽者と関係してるの？」

「自分の偽者とやらは、まだ把握していない。だが、恐らくはそうだろう」

「仕方がないわね。詳しく説明するから部屋に入れてもらえないかしら」

西野《にしの》の意向を理解したことで、ローズは客室に向かい半歩を踏み出した。

自らの身の安全にかかわるとあらば、委員長も断る訳にもいかない。こうして声を掛けてきたフツメンが、異性にイキる為《ため》だけに凶器を持ち出すような人物でないことは、志水《しみず》も重々承知していた。

「わ、分かったわよ」

致し方なし、委員長は彼女たちを部屋に受け入れる。

これと前後して、ガブちゃんからフツメンに対して駄目出しが一発。

「あと、いずレにせよ紛ラわしいので、さっきのは当面控えて下さい」

「……承知した」

荻野《おぎの》君の失敗に続いて、松浦《まつうら》さんの根回しもまた不発。

一向に成果が上がることなく進む、西野調教プロジェクトである。

〈修学旅行　四〉

修学旅行の四日目は、朝から晩までグループでの自由行動。

大半の生徒たちにとっては、待ちに待ったスケジュールと称しても過言ではない。ホテルの広間で朝の集会を終えて以降は、昼食も含めて生徒たちの裁量に任される。教師による監視もなくなり、多少は羽目を外すことも可能だ。

各グループは我先にとホテルを飛び出して町に散っていく。

西野たちのグループもまた、すぐに出発する運びとなった。

最初に向かったのは実弾を撃つことが可能な射撃場である。

こちらは松浦さんと荻野君の強い意向によるもの。何が面白くて旅行先でまで銃を撃たなければならないのかと、委員長は難色を示した。しかし、二人から強く乞われたことで、自由行動の予定の一発目となった。

移動にはフツメンがレンタカーを引っ張ってきた。

修学旅行の初日にも利用したオープンカーである。

こちらも松浦さんの希望によるものだ。

そうしてグアムの広々とした道をゆっくりと流すことしばらく。辿《たど》り着《つ》いたのは島の南部に位置する屋外の射撃場。近隣には他にもいくつか観光客に向けた射撃場があり、その中では比較的ホテルに近い場所だ。

細かな手続きはフツメンが国内で事前に済ませていた為《ため》、チェックインは滞りなく行えた。ガンショップさながらの店内で、各々好き勝手に銃器を選ぶ。事前の説明やら何やらを終えたところでレンジに立つ。

同時間帯は他にお客の姿も見られず、西野《にしの》たちの貸し切り状態。

何発か撃ったところで、手にした拳銃を眺めて西野が言った。

「随分と火薬を減らしているな。9ミリとはいえ反動が軽い」

「…………」

なに格好《かっこ》つけてんだよ、とでも言いたげな眼差《まなざ》しが荻野《おぎの》君から向けられた。

しかし、空港での失態を思い起こして、剽軽者《ひょうきんもの》は突っ込みを控えることにした。刺激的な場所柄、絶対に銃をネタにしてイキるだろうな、などと事前に予想していたことも手伝い、そこまで苛立《いらだ》たずに済んだ彼である。

覚悟さえしておけば、意外と耐えられるかも、とは本人の談。

実際、薬莢《やっきょう》からは半分ほど火薬が抜かれていた。

居合わせた店員はノーコメント。

意識高い系のお客が、何かに付けて同行者に語りたがる話題の一つだ。インターネットが普及する以前ならいざ知らず、昨今では新品の弾が撃てることを売りにしている射撃場も多い。調べればすぐに出てくるような事実である。

ところで、店のコスト削減に気付いたのは西野に限らない。

「…………」

あれ、前と同じような形なのに軽い。つい最近にもファクトリーロードを撃った覚えのある委員長は、咄嗟《とっさ》に漏れそうになった感想を危ういところで飲み込んだ。素直に呟《つぶや》いていたら、フツメンと同類扱いは免れない。

感動らしい感動もないまま、ただ淡々と的に向けて引き金を絞る。

ここで練習しておけば、今後何かあったときに役に立つかも、みたいな。

過去には人を撃っていながら、それでも平然と射撃を行える委員長は、割と肝の据わった女である。パスンパスンと立て続けに銃弾を撃ち放ち、レーン奥に設けられた的の中央を次々と撃ち抜いていく。

「委員長、これマジ凄《すご》くない!?　ちょーヤバいんだけど！」

ＦＰＳが大好きな松浦《まつうら》さんは、初めての実弾射撃に感激。

店先に並んでいた銃を片っ端から撃ちまくっている。

委員長としては、いささか不安を覚える光景だ。竹内《たけうち》君との関係を巡っては前科のある松浦さん。アイドル騒動の最中にも、刃物を片手にイキり散らしていた。トリガーハッピーの気があるのではないかと、疑わずにはいられない。

「なぁ、西野《にしの》、どっちが沢山当てられるか競争しようぜ？」

「その勝負、受けて立とう」

「負けたほうが今日の昼飯を奢《おご》るとか、どうだ？」

「分かった。それでいこう」

荻野《おぎの》君から提案を受けての射撃勝負。

お互いに同じ数だけ撃ち、どちらが多く命中させることができるか。

結果は大差で剽軽者《ひょうきんもの》の勝利。

フツメンは敢《あ》えて的を外して、学友に花を持たせた。素直に喜んでいる荻野君をまるで、眩《まぶ》しいものでも眺めるかのように見つめる。高校に進学して以来、男友達と遊びに出かけるのは、これが初めての経験となる。

予期せず得た青春っぽい出来事に、胸を熱くしているフツメンだ。

「っていうか、委員長ってば凄《すご》くね？　めっちゃ当ててるんだけど」

「あぁ、なかなか筋がいい」

そこら中に凶器が転がっている場所柄も手伝い、周囲への警戒は怠らない。

荻野君と競い合っている間も、油断なく敵襲に備えていた西野。

しかし、同所では彼が想定するような騒動が起こることはなかった。問題があったとすれば、興奮した松浦《まつうら》さんがお小遣いを使い切ってしまったことくらい。荻野君や委員長の

倍以上の弾薬を一人で消費していた。

そうして当初の予定通り射撃を楽しみ、一同は射撃場を出発した。

次いで足を運んだのは、市街地のショッピングモールである。

こちらは委員長たっての希望だ。

三桁にも及ぶテナントが立ち並び、家電製品から食品や衣料品、更には旅行客に向けたお土産を扱う店までもが並ぶ界隈《かいわい》となる。いわゆる郊外型の総合スーパーで、内部には小規模ながら遊園地も開業している。

少し離れた場所にはアンダーセン空軍基地があり、これに務める軍人に向けたコミュニティが近隣には存在している。そうした背景からモールを訪れるお客には、界隈に居を構えた基地関係者の姿も多数見られる。

アジア人は多いが、それ以外の人種も同じくらい行き交う。

だからだろうか、委員長がひと目見て評するに、これはいいものだ。

「こういう場所に足を運ぶと、海外に来たって感じがするわねっ！」

今どきのＪＫとして、異国でのお買い物タイムに気分を高ぶらせる。

射撃場で淡々とトリガーを引いていた時とは雲泥の差だ。

「委員長、他にもブランド品を扱っているような場所はあるが」

「そういうところは私たちみたいな子供だと、高くて買えないでしょ？」

「あぁ、たしかにそうかもしれない」

よくよく見てみれば、どこかで目の当たりにした覚えのある店名やロゴが、そこかしこに見受けられる。しかし、パスポートを取得して間もない少年少女には十分刺激的な光景だった。少なくとも志水《しみず》的には断然アリだった。

英語の勉強にもなって一石二鳥よね、と意識を高く構えている。

モール内に設けられた生鮮食品を扱うスーパーと、そこに陳列された商品の価格。数多《あまた》並んだ内の一つを自身の父親が、都内にある会社のデスクで今も検討しているとは到底思わない。未《いま》だグローバルなる響きに夢と希望を抱いている委員長だ。

「西野《にしの》君、ちょっとお金貸してくれない？　帰ったら返すから」

「どの程度必要なんだ？」

「ちょっとちょっと松浦《まつうら》さん、それ絶対に返さないやつじゃない？」

「えぇー、ちゃんと返すに決まってるじゃん。委員長、ヒドくない？」

「だとしても、友達同士でお金の貸し借りとか駄目でしょ」

彼らが立っているのは、ショッピングモール内のセンターコート。

その広々としたホールの一角で、互いに顔を向き合わせていた。

ホールの中央には巨大なクリスマスツリーが設けられている。周囲にも降誕祭を意識した装飾がなされており、色とりどりの飾りが随所でキラキラと輝いていた。カメラを向けている観光客の姿もチラホラと窺《うかが》える。

「ねぇ、少しだけ各自バラバラに行動しない？　じっくり見て回りたいの」

フツメンから受け取った紙幣を、嬉々《きき》として財布に収める松浦《まつうら》さん。

その姿を渋い顔で眺める志水《しみず》から、皆々に提案があった。

一人きりの海外を満喫するまたとない機会である。自分の英語力がどこまで通用するのか、試してみたいという思いが彼女にはあった。フツメンが一緒にいると、ほんの少し躊《ちゅう》躇《ちょ》しただけで、すぐさまフォローが入ってしまう。

「こんなのちょっと広い郊外のショッピングモールみたいなものじゃん。わざわざ時間をかけて回る必要なんてある？　どうせ売ってる物だって日本で買えるものばかりでしょ。っていうか、ネット通販で買った方が安いんじゃない？」

「松浦さんはさっき射撃場で楽しんだんだし、今度は私を優先してよ」

「だったら委員長を待ってる間に、ランチのお店とか検討しててもいい？」

「うん、それで手を打つわ」

西野《にしの》と荻野《おぎの》君からは、反対の声が上がることもなかった。

諸々《もろもろ》女子に任せることに決めたようだ。

松浦さんが頷《うなず》いたことで、ショッピングモールでのお買い物タイムが決定。それじゃあ、一時間後にまたこの場所に集合ね、との言葉を残して、志水は我先にと専門店の並ぶ界隈《かいわい》に向かい去っていった。

「…………」

ところで、そうは言っても委員長のことが気になるのが西野だ。

先日からは身の回りが騒々しいことも手伝い、どうしても目が離せない。そこで彼は一度他所《よそ》へ向かった振りをして、彼女の後を付けることにした。

しかし、いざ一歩を踏み出したフツメンに向けて、荻野君と松浦さんから声が掛かる。

「西野、俺らは一緒に回らねぇ？」

「あ、それなら私も一緒させてよ」

こうなると断ることも難しい。

致し方なし、フツメンは素直に頷いて応じた。

「ああ、分かった」

しばらく一緒に過ごしてから、途中ではぐれた振りをして委員長を探そう。

そのように決めて、西野は二人と共にモール内を歩き出した。

◇

◆

◇

西野たちと別れた志水が最初に向かったのは、衣類を扱う専門店だ。

今日この日に向けて、コツコツとお金を貯《た》めていた彼女である。主な収入源は、お正月に親類から貰《もら》えるお年玉と、フランシスカの手伝いをして得たバイト代。追加で出発前には、父親からお小遣いも受け取っていた。

そうして貯めたお金を利用して修学旅行の記念に、普段なら素通りする少し高めのブランドで、小物の一つでも購入しようと考えていた。自宅で帰りを待っている家族に、お土産を買うことも忘れてはならない。

「たしかに、近所のデパートみたいな雰囲気かも……」

松浦《まつうら》さんの言葉通り、店内は国内の総合スーパーを彷彿《ほうふつ》とさせた。

都内の老舗百貨店で眺める専門店街などの方が、よほどのこと高級感を感じさせる。それでも棚に並べられた商品には、ところどころ有名ブランドが交じっていた。括《くく》り付《つ》けられた値札も相応のもの。

「でも、働いている人はネイティブっぽいし、意義は十分あるわよね」

本来なら同所はリサちゃんや、彼女の仲良しグループと回る予定であった。しかし、西野《にしの》の存在に気を取られたが故の自業自得。まさか松浦さんと回る気にもなれなくて、それなら今後に活《い》かすべく、異文化コミュニケーションに舵《かじ》を切った。

能動的に店員さんに話しかけようと、意識高く構えてモール内を巡る。

できれば優しそうな人がいいな、などと選《え》り好《ごの》みしつつの物色。

しばらくして委員長は、良さそうなポーチの並ぶ界隈《かいわい》を見つけた。

周囲の様子を窺《うかが》うと、すぐ近くには女性店員の姿が見られる。二十代中頃と思《おぼ》しき白人の女性だ。ニコニコと穏やかに笑みを浮かべており、これがまた話しかけやすそうなオーラを放っていた。

「よし」

これは行くっきゃないわね。

そう決めて彼女は先方に歩みを向けた。

「あ、あのー、すみません」

過去に学んだフレーズを思い起こして、英語でのご挨拶。

相手は委員長に気付いて、ニコリと笑みを深くした。

「なにかご用ですか？」

「あのポーチが気になります。内側を見てもいいですか？」

これに志水《しみず》は緊張した面持ちで英会話。

今までとは異なり、周囲には他に知り合いの姿もない。ここ数日、なにかと面倒を見てくれていた西野とも別れた。教師が用意した修学旅行の枠組みからも外れている。そうした完全に一人っきりという状況が、気分を盛り上げた。

わくわく、委員長。

どきどき、英会話。

期待と不安の入り混じった表情は、傍目《はため》にも初々しく映る。

「ええ、構いませんよ。ところで、お客様……」

一言も相手の言葉を聞き逃さないように、彼女は必死で耳を傾ける。

大丈夫、ちゃんと追えているから。

これなら私でも英語でお話しできるから。

学校や塾で学んだ数々の言い回しが志水《しみず》の脳裏を過《よぎ》る。

どれにしようか。

どう伝えようか。

色々と考えていたところ、続けられた先方からの発言は――

「黙って私に付いてきなさい。妙な動きを見せたら撃ちます」

穏やかな物言いこそ変わらず、それでいて一方的な指示。

間髪を容《い》れず、衣類越しにゴリゴリと固いものを押し付けられる。それは懐に手を入れた女性店員から、彼女の腹部に与えられる圧迫感。細長い筒状の何かが、肋骨《ろっこつ》を擦《こす》り上げるようにグリグリと。

「………」

委員長は一瞬にして状況を理解した。

英語を聞き取るまでもなかった。

あ、これ前にも経験したやつだ、と。

「そのまま私と一緒に来なさい。分かりましたね？」

「……はい」

ニコリ、笑みと共に伝えられた指示に、志水は頷《うなず》く。

西野《にしの》たちと別れてから、まだ数分しか経過していない。どうやって荻野《おぎの》君や松浦《まつうら》さんと別れたものか、フツメンが二人から離れるタイミングを見計らっているうちに、早々拉致られてしまったようである。

こんなことなら松浦さんの言うことを素直に聞いておけばよかった。

そう思わずにはいられない委員長だった。

◇　◆　◇

見ず知らずの女性店員に脅されて、委員長はショッピングモールを出た。

駐車場に停《と》められていた自動車の助手席に乗せられる。日本製のコンパクトカーだ。そこかしこが土埃《つちぼこり》に汚れており、年式もかなり以前の車両である。女性の運転により走り出した車は、そのまま敷地を出てどこへともなく走り出す。

車内では会話もゼロ。

拳銃の存在に怯《おび》えて、志水《しみず》はただ震えるばかり。

「…………」

この人はどうして私を攫《さら》ったんだろう。

知りたい。

でも、誘拐って英語でなんて言うんだっけ。

どれだけ頑張って考えても、委員長は単語が出てこない。

そうこうしているうちに彼女を運ぶ自動車は市街を抜けた。道路脇を緑で埋める自然豊かな界隈《かいわい》は、観光地を結ぶ道を外れると、人の姿もあまり見られない。たまに対向車線を車が行き交うくらい。

そこから更に一本入った細い路地の先。

委員長を運ぶ自動車は、見るからに古臭い家屋の正面で停《と》まった。

建物はコンクリートブロックで造られている。平坦《へいたん》な屋根と軒の出が印象的な平屋だ。以前は玄関の脇にガレージもあったようだ。しかし、台風で吹き飛んでしまったのか、一部の基礎だけを残して、大半は消失している。

エンジンが停止すると共に運転手から、降りろ、とのジェスチャーを受けた。素直に従い助手席から外に出ると、すぐさまボンネット越しに拳銃が向けられる。続けざまに、付いて来い、との指示を受けて、先方に続く羽目となった。

目的地はやはり目の前の家屋であったらしい。

正面の玄関から屋内に入る。

宅内も土足なのね、と委員長は妙なところで海外感を覚えた。

入るとすぐにリビングルームがあり、彼女はそこに設けられたソファーセットに座らされた。ダイニングとキッチンも併設されており、奥には僅かばかりの廊下を越えて、ベッドルームに通ずると思《おぼ》しきドアが窺《うかが》える。

「あなたには人質になってもらいます」

委員長が座したのとは、ローテーブルを挟んで対面にあるソファー。これに身体《からだ》を投げ出すかのようにドサリと座って、女性は彼女に向き直った。着座の衝撃から、家具の下より虫が這《は》い出《だ》して、一目散に逃げていく。

その光景に志水は悲鳴を上げそうになった。

逃げていった虫のフォルムは、彼女が大嫌いな害虫のもの。

そうした事実が示すとおり、外観と同様、宅内もかなりボロボロだ。そこかしこが土埃《つちぼこり》で汚れている。壁紙は元の色が分からないほど日に焼けており、家具も傷だらけ。電化製品も総じて古めかしく年季が感じられる。

「なんとか言ったらどうなんですか？　それとも怯えて声が出ないの？」

「え、えっと……」

しかも委員長は、人質、という単語が理解できなかった。

耳にした響きを脳内で復唱するも、意味が浮かんでこない。

「……私の言っていること、理解していないのですか？」

「すみません、ほすてーじって、どういう意味ですか？」

委員長は思った、言葉が通じないと人質役もなかなか大変ね、と。

今まさに尋ねた単語の意味である。

これには先方も困ったようで、くしゃりと表情が歪《ゆが》められた。

「…………」

「あ、あの……」

しばらく待っても、ホステージの意味は教えてもらえない。

両者はしばしの沈黙。

その間にも志水《しみず》の脳裏では様々な疑問が巡っていく。

取り分け気になったのは、先方が声を掛けてきたタイミングだ。

お店では私から話しかけたのに、どうしてだろう。誰でもよかったのだろうか。だとしても、こうして会話で困ることは目に見えてたよね。云々《うんぬん》、自らの拙い英会話を思い起こして、志水は頭を悩ませる。

そうこう考えたところで、ふと彼女は昨晩の出来事を思い出した。

偽西野《にしの》の存在を巡って交わされた、ローズやガブリエラとの問答である。

まさかとは思うけれど、この人もそうなんじゃあ。

「あっ……」

そのように疑った直後、彼女の目に見えている光景に変化があった。

対面のソファーに座っている人物が、一瞬にして別人となったのだ。

白かった肌は褐色となり、ブロンドの頭髪も艶やかな黒色へ。そして、二十代中頃であった年齢さえも、志水と大差ない年頃となった。身に付けている衣服は衣料品店の制服から、私物と思《おぼ》しき着古したワンピースへ。

座っている姿勢こそ変わらずとも、他は一切合切が変化を見せていた。

それも僅か一瞬の出来事。

志水としては、目前でホログラムが書き換えられたかのようであった。

しかも、変化後の姿はどこかで見たような風貌である。

はて、どこで見たのだろうか。

一生懸命に悩んだ甲斐《かい》もあって、答えはすぐに出た。

修学旅行の初日、ホテルのビュッフェ会場で出会ったウェイトレスの女の子。もしくは翌日、現地の学生との交流会で垣間《かいま》見《み》た、地元の学校の生徒さん。夕食に際しては迷惑を掛けていたこともあって、鮮明に覚えていた志水《しみず》だ。

「なんですか？」

「あの、えっと……」

咄嗟《とっさ》に声を上げてしまった志水に対して、女の子から確認が入った。

前者が見ている光景に変化があったことに、後者は気付いていないようだ。落ち着き払った態度は一切変わりない。しかし、耳に届けられた声色は、これまでの大人っぽい響きから、若干の幼さを感じさせるものに変化していた。

「英語も碌《ろく》に話せない。これだから日本人は……」

きっと悪口を言われているな、と委員長は思った。

だが、ニュアンスを上手《うま》く受け止められず、まるで気にならない。相手を見つめてキョトンとするばかり。むしろ英語としての構文やら何やらに意識が向かう彼女は、向上心に満《み》ち溢《あふ》れた女である。

そうした志水の姿が、甚だ拙いものとして映ったのだろう。

先方は彼女を警戒するに足らないと考えたようで、ここへ来て傲《おご》りを見せ始めた。手にしていた拳銃を懐にしまい、ソファーに身を深く預ける。そして、ハァとため息を大きく吐《つ》いて、リビングの天井を見上げた。

「…………」

その姿を眺めていて、委員長はふと思い出した。

スカートの下に括《くく》り付《つ》けた拳銃の存在を。

西野《にしの》から与えられた一丁だ。

現地で調達した、とは受け取りに際して彼から説明された品の出処《でどころ》。

実弾も装填《そうてん》されており、抜けば即撃つことができる。

こういうのって万が一に備えているのであって、毎回のように活躍するのは違うんじゃなかろうか。そんなことを思いつつも、今抜かずしていつ抜くんだ、とも思える状況を受けて、彼女の脳みそは一問一答。

過去に何度も似たような状況を経験してきた為《ため》か、覚悟は早々に決まった。

ソファーに座ったまま、衣類の乱れを正すような素振りを示しつつ、スカートの内側に手を突っ込む。音を立てないよう静かにグリップを握り、指先の感触から安全装置を外す。

この段階でも相手に変化は見られない。

いける。

確信を覚えた委員長は、ソファーから立ち上がり、銃を抜いた。

間髪を容《い》れず、銃口を女の子の頭部に向けて、両手で構える。

「っ……」

「動かないで！　手を上に上げる！」

咄嗟《とっさ》に出てきたのは、映画などでよく耳にするフレーズ。

実際に発する日が訪れるとは、夢にも思わなかった委員長である。

女の子は懐に手を伸ばすも、銃を掴《つか》むには至らない。

委員長に促されるがまま、ソファーに座った姿勢で両手を上げる。

「どうして日本人の子供が、拳銃なんか持ち歩いているの？」

「すみません、ほすてーじって、どういう意味ですか？」

「…………」

そして、志水《しみず》は無事にホステージの意味を聞き出すことに成功するのだった。

◇◆◇

委員長が誘拐犯とエクストリーム英会話に励んでいる同時刻。

西野《にしの》たちはショッピングモールで彼女との合流を待っていた。現地で別行動を取り始めて数分、荻野《おぎの》君と松浦《まつうら》さんから別れて志水を探し始めたフツメンは、しかし、残念ながら約束の時間までに目当ての人物と遭遇することができなかった。

そうして結局、本来の予定通り約束の場所で彼女の姿を待っている。

「委員長、戻ってくるの遅くない？　普段は時間に厳しいくせに」

「そりゃ委員長だって、修学旅行中くらい羽目を外したいんじゃね？」

「だからって、私たちと一緒のときに外さないで欲しいんだけど」

「きっと委員長も、松浦さんに対して同じこと思ってると思うよ」

現場には西野の他、松浦さんと荻野君の姿も見られる。

場所はモール内に設けられたセンターコートの片隅。すぐ近くには大きなクリスマスツリーが窺《うかが》える。そこで約束の時間を過ぎても戻って来ない委員長を巡り、ああだこうだと言葉を交わす。主に喋《しゃべ》っているのは松浦さんで、荻野君がこれに付き合っている。

そんな二人の傍《かたわ》ら、言葉数を減らしたのがフツメン。

なかなか戻らない委員長に不安を募らせている。

まさか、何かあったのではなかろうか。

そのように考えた彼は、志水に連絡を取ってみることに決めた。

「松浦さん、荻野君、委員長に連絡を入れてみようと思うのだが」

「私、西野君の意見にさんせーい」

「たしかに、何か困ってたりするかもしれないよな……」

二人からはこれといって、反論も上がらなかった。

ズボンのポケットから端末を取り出した西野は、アドレス帳から志水の番号を呼び出し、通話アプリを起動した。ここ最近になって見慣れた番号を眺めては、通話ボタンを押下する。早々にも呼び出し音が鳴り始めた。
一回、二回、三回。
コール数が重ねられるにつれて、胸中では不安が膨らんでいく。
買い物に夢中になっているだけであって欲しいとは、彼の素直な思いだ。
しかし、そうしたフツメンの願いは儚《はかな》くも破られた。
十回目のコールの途中で繋《つな》がった通話回線。
その先から届けられた声色は、多分に緊張の感じられるものだった。
『……西野《にしの》君?』
「委員長、そろそろ食事に向かおうかと、皆で話をしているのだが……」
『…………』
何かを喋《しゃべ》ろうとして、けれど、息を呑《の》むような気配が聞こえてきた。
電話越しであることを加味しても、反応は芳《かんば》しくない。
委員長らしからぬ態度を受けて、フツメンは不安を募らせる。
「大丈夫か?　まさかとは思うが、今どこに……」
『大丈夫、だけど、できれば助けに来てくれると嬉《うれ》しいかも』
「ああ、分かった。すぐに向かう」
何がどうして、とは尋ねるまでもなかった。

西野は即座に頭を切り替えて、委員長との通話に臨む。

「場所は分かるか？　目印になるような物があれば教えて欲しい」

『地図アプリ、確認するからちょっと待ってもらえないかな』

「ああ、分かった」

地図アプリなる響きを耳にしたことで、フツメンは既に探し人がショッピングモールから去っていた事実を把握した。モール内を延々と探し回って、それでも彼女を見つけられなかった理由は、彼が危惧していた最悪のパターンだ。

こうなると本日はホテルを出発した前後から見張られていた、あるいは化かされていた可能性が高いなと、これまでの行動を振り返る。自分たちが気付かなかっただけで、すぐ傍《かたわ》らを同行していた可能性すら考えられた。

しばらくして、フツメンの端末でメッセージアプリが反応を見せた。

端末を耳元から離した彼は、急ぎで画面を確認する。

そこには地図アプリを写したスクリーンショットが添付されていた。

中央には現在地を示すピンが刺されている。そこは今しがたにも西野が想定したとおり、ショッピングモールはおろか市街からも離れて、郊外のある一点を指している。民家も疎《まば》らな界隈《かいわい》であった。

「ありがとう、委員長。位置情報を確認した。すぐにそちらへ……」

再び端末を耳元に当てた西野《にしの》が、矢継ぎ早に声をかける。

それと時を同じくしての出来事であった。

電話越しに、パァンと甲高い音が響き渡った。

間髪を容《い》れず、カツン、バタバタと騒々しい音をマイクが拾う。

「委員長、大丈夫か？　委員長っ……」

フツメンからは通話相手を気遣う声が繰り返された。

しかし、志水《しみず》からの返事はなかった。

それどころか、通話が切れてしまっている。

「………」

端末を見つめるフツメンの眼差《まなざ》しが険しさを増した。

その姿を目の当たりにして、松浦《まつうら》さんと荻野《おぎの》君は微妙な面持ちだ。また、いつもの発作だろうか、と。過去に幾度となく、似たような状況を披露してきた西野である。そして、学内ではいつだってアラーム認定の自作自演として扱われていた。

自然と荻野君からは、一連のやり取りに突っ込みの声が上がった。

「なぁ、西野。今のって委員長と電話してたんだよな？」

「すまない、荻野君。少しばかり急な用事が入った」

「いやいやいや、流石《さすが》にそれは無理があるだろ!?　ここグアムだし！」

「松浦さん、これでしばらく荻野君と遊んでいてはもらえないか？」

西野は財布を取り出し、そこから紙幣をまとめて掴《つか》み取《と》る。そして、枚数を確認することもなく、すべてを松浦さんに握らせた。彼女の目に映ったのは、自らをジッと見つめる多数のベンジャミン・フランクリン。

子供の小遣いにしては過ぎた金額である。

これには横で眺めていた荻野君もビックリだった。

「ちょ、西野君、これってまさか全部百ドル札……」

「委員長とちょっと、な」

「……マジ？」

「一方的にすまない。用事を終え次第、こちらから連絡を入れる」

二人からの返事を待たずに、西野は踵《きびす》を返す。

その何気ない格好《かっこ》つけが、以降、どういった展開を見せるかも知らずに。

唖然《あぜん》とする学友に見送られて、フツメンはショッピングモールの外に向かい駆け出した。

◇◆◇

グアムのどこにあるとも知れない、古ぼけた佇《たたず》まいの民家。

その埃《ほこり》っぽいリビングスペースで委員長は依然として、名前も知らない女の子とコミュニケーションを続けていた。両者の配置もこれまでと変わりない。仁王立ちとなり拳銃を構えた志水《しみず》と、その正面でソファーに座した拉致犯。

前者は後者を前にして、声も大きく言い放つ。

「貴方《あなた》は父親を人質に取られて、悪の仕事を手伝っている」

「そう、その通りです」

志水からの確認を受けて、先方は小さく頷《うなず》いた。

その姿を確認して、委員長は内心ガッツポーズ。自らのヒアリングの成果に達成感を覚えた。以降も繰り返し、彼女はこれまでやり取りした会話をまとめて、ソファーに座った女の子へ問いかける。

「貴方は悪いことはしたくない。手伝いたくないと思っている」

「繰り返さなくても当たっています。だから、拳銃を下ろして下さい」

「私が下ろしたら、今度は貴方が上げる。私は知っている」

「絶対にそんなことはしません。ちゃんと約束します」

「駄目。信じられない。ちゃんと信じられない」

「貴方と話をしていると、幼児に挑発されているようでイライラします」

「……すみません、ぷ、ぷろぼーく、とはどういう意味ですか？」

「…………」

数十分という時間を掛けて、委員長は多少なりとも先方から事情を引き出した。

曰《いわ》く、彼女は人質に取られた父親を助ける為《ため》、悪い人たちに協力しているとのこと。志水を攫《さら》ったのも、協力の過程で指示された仕事を遂行するのに、どうしても必要であったからだと説明を受けた。少なくとも志水はそのように理解した。

しかし、それもこれも本人の供述以外に証拠がない。

委員長としてはどこまで信じたものか、今も考えあぐねていた。

「貴方が他人を騙《だま》していることは、私は知っている」

「はい？　どういうことですか？」

「変な力。変な力でカメをサメにする。海で見た」

「…………」

昨日の晩、志水は居室を訪れた西野《にしの》やローズ、ガブリエラから、敵対的な相手が彼らと同様に不思議な力を行使する旨、説明を受けていた。その内容をそっくりそのまま、目の前の人物に伝えてみせる。

「あと、人を狂わせたり、怖がらせたりすると知っている」

些《いささ》か語彙力は下がっているが、だいたいそんな感じ。

すると、先方はギュッと口を閉じた。

どうやら当たりのようね、などと志水《しみず》は確信を得る。

つい先程にも目撃した、摩訶不思議《まかふしぎ》なイリュージョンである。

だからこそ委員長は、油断なく拳銃を構え続ける。トリガーに当てた指も決して離さない。なんたって目の前の相手は、西野《にしの》さえをも手玉に取った人物。そうして考えると、改めて自身が立たされた窮地に、背筋が凍る思いの志水だった。

「教えて下さい。貴方《あなた》は人を騙《だま》す。本当か？」

「もし仮にそうだとしたら、何だと言うのですか？」

「その力を使ったら、すぐに撃つ。私の指はとても敏感」

「…………」

本日、委員長の性感帯が一つ増えた。

凶器を構えた直後から、それ以前と比較して明らかに通じるようになった会話。一連の経緯を目の当たりにしたことで、彼女は英会話の極意に気付いた。拳銃があると、こんなにも意思疎通が図りやすい。

だからこそ、同時に理解してしまった。

コミュ強って、こういうことだったのかもしれないわね、とも。

ふと教室内での自らの言動を回顧して、色々と思うところが出てきた志水だ。脳裏に浮かんだのは、ついこの間にも彼女の下から去っていった仲良しグループの女子生徒三名。

その事実を今更ながら、申し訳なく感じた委員長である。

そうこうしていると、彼女の懐でブブブと端末が震え始めた。

どうやら着信のようで、振動はしばらく待っても鳴り止《や》む気配がない。委員長は銃を構えたまま、手探りでこれを取り出し、画面を視界の隅に掲げる。するとそこには、今まさに彼女が求めて止まない人物の名前が表示されていた。

「………………」

志水は少し悩んでから、これを受けることに決めた。

銃を構えていれば大丈夫。きっと大丈夫だから。

そう自らに言い聞かせつつのアクション。

視線を誘拐犯に向けたまま、端末を顔の横に持ってくる。

「……西野君？」

『委員長、そろそろ食事に向かおうかと、皆で話をしているのだが……』

想定通りの声色を耳にして、委員長は少なからず安堵《あんど》を覚えた。

直後にはその事実を理解して、別の意味で心を慌てさせ始める。

そうした彼女の思いなどいざ知らず、西野からは矢継ぎ早に確認があった。

『大丈夫か？　まさかとは思うが、今どこに……』

「大丈夫、だけど、できれば助けに来てくれると嬉《うれ》しいかも」

『ああ、分かった。すぐに向かう』

ヘルプコールに対して、返事はすぐに戻ってきた。

西野《にしの》の力強い声を受けて、志水《しみず》は頑張る気持ちが湧いてくる。

『場所は分かるか？　目印になるような物があれば教えて欲しい』

「地図アプリ、確認するからちょっと待ってもらえないかな」

『ああ、分かった』

フツメンに促されるがまま、委員長は手にした端末を操作し始めた。

地図アプリを起動して現在地を表示する。

画面のスクリーンショットを撮影。

これをメッセージアプリに貼り付けて、通話先に送信する。

一連の作業を行う為《ため》に、視線を端末に向けた際のことである。

志水は自らのメンタルの急激な変化を感じた。

それは居ても立ってても居られないほどの圧倒的な愛情。すぐにでも正面に座した誘拐犯に歩み寄り、小さな肉体を抱きしめたい衝動に駆られる。そんな得体の知れない情愛が、胸の奥底から凄《すさ》まじい勢いで湧き上がってきた。

「っ……」

賢い委員長はそうした感情変化の原因に、すぐ気付くことができた。

何故《なぜ》ならば昨日にも、西野たちから聞いていた不思議な力である。

だとしても、胸の内に溢《あふ》れた思いは抗《あらが》いがたい。

次の瞬間には銃を放り出して、相手の下に駆け出してしまいそう。

「貴方《あなた》っ……！」

そこで彼女は先方に対する愛欲から逃れるべく、銃のトリガーを引き絞った。

相手は誘拐犯、相手は誘拐犯、必死に自らへ言い聞かせつつの威嚇射撃。

つい先刻まで射撃場のレンジに立っていたので、立ち振る舞いは申し分ない。

パァンと甲高い音がリビングに響き渡った。

「なっ……」

銃弾は少女の側頭部を掠《かす》めて、背後の壁に着弾。本人が考えていた以上に対象に接近した弾道は、先方の髪毛を大きく揺らした。いくらか千切れ飛んだそれが、はらりはらりと宙を舞って床に落ちゆく様子は、志水からも確認できた。

これには相手も驚いたようで、目を見開き全身を強張《こわば》らせる。

時を同じくして、志水を襲っていた圧倒的な愛欲は一瞬にして霧散した。

「…………」

「…………」

お互いに驚愕《きょうがく》から目を合わせる羽目となった委員長と誘拐犯。

撃たれた方は、当然ながら驚いた。

しかし、撃った方も驚いていた。

ほんの数センチ軌道がズレていたら、頭部に命中していた。

時を同じくして、ふと気付く。

志水《しみず》の手元からは、いつの間にやら端末が床に落ちていた。

拳銃を構えるのに夢中で、咄嗟《とっさ》に取り落としてしまったのだろう。それくらい彼女が感じたメンタルの変化は、圧倒的なものだった。落下に際して何かしらボタンでも押下したのか、ディスプレイには通話終了の案内が表示されている。

西野《にしの》との通話が途切れてしまった点には、志水も不安を覚えた。だが、必要な情報は送り終えていたので、彼女は誘拐犯に対する牽制《けんせい》を優先することにした。後はこの場で待っていれば、きっと彼は助けに来てくれるだろうと。

彼女は引き続き、真剣な面持ちで銃を構えた。

照準はピタリと相手の頭部に定める。

ところで、委員長は思った。

これは追い打ちをかけて、誘拐犯を圧倒するべき場面ではなかろうかと。

メディア作品でありがちな、決め台詞《ぜりふ》的なフレーズが脳裏に想像される。

そこで委員長は改めて、ソファーに座った女の子に向かい宣言した。

「わ、私は言いました！　私の指はとても敏感なのよ！」

「…………」

志水の敏感な部分を前にして、誘拐犯は観念したように両手を上げた。

〈修学旅行　五〉

ショッピングモールを出発した西野《にしの》は、志水《しみず》から送られてきた位置情報を確認して、現地まで車を急がせた。淡路島《あわじしま》と同程度と称されるとおり、そこまで規模のない島柄、道路も空《す》いていた為《ため》、目的地にはすぐに到着した。

移動の最中にはローズとガブリエラにも連絡を入れた。地図アプリのスクリーンショットも合わせて送り、もしも近くにいるようなら委員長のことを助けて欲しいと説明。しかし、どうやら現場には彼の方が先に到着したようである。

訪れた先は古ぼけた平屋の家屋。

正面には薄汚れた国産車が停《と》められている。

タイヤ周りに真新しい移動の跡を確認して、西野は宅内に踏み込んだ。

勝手口からキッチンに入り込み、リビングに向かう。

すると、そこで彼が目撃したのは、銃を構えた志水の姿だ。

彼女の正面にはローテーブルを挟んで、フツメンも見覚えのある少女がソファーに座っている。事前に危惧していたのとは、いささか趣が異なっているように思える現場の光景。

これを目の当たりにして、彼は少々面食らった。

銃口の向けられている方向が、西野の想定とは真逆である。

まさか一人で先んじて敵を制圧、牽制《けんせい》しているとは到底思わない。

「あっ、西野君……」

「委員長、遅くなってすまない」

フツメンの姿を確認して、委員長から声が上がった。

自《おの》ずと誘拐犯からも視線が向けられる。

互いに視線が交わり合ったところで、西野の口から疑問が漏れた。

「ところで、この状況は一体……」

「この子！　この子が西野君が言ってた敵なのよ！」

両手で銃を構えたまま、志水はその先っちょで先方を指し示した。

その腕はプルプルと小さく震えている。フツメンがこちらを訪れるまで、ずっと誘拐犯のことを威嚇していた彼女だ。いい加減、腕が疲れてきたわねと思い始めた時分、今まさに合流した二人だった。

床に落とした端末もそのまま、拾えずに過ごしていた志水である。

諸々《もろもろ》自らの目で確認したフツメンは、彼女が置かれていた状況を理解した。

「苦労をかけてすまなかった、委員長」

声を荒らげる志水に対して、西野は落ち着いて受け答え。

話題に上った誘拐犯は、無言で彼をジッと見つめている。

「怪我《けが》はしていないだろうか？」

「私は平気だけど、ただ、この子も色々と事情があるみたいで……」

「事情？」

そうこうしていると、ローズとガブリエラがやって来た。

ガレージに面したリビングの窓越し、自動車の排気音が近づいて来たかと思えば、西野《にしの》がやって来たのと同様、勝手口から二人が顔を覗《のぞ》かせる。先頭に立って銃を構えているのがローズ。その後ろをガブリエラが手ぶらで付いてきた。

「お姉様、どうやラ私たちは遅刻のようですね」

「タクシーが止まらなかったのだから、仕方がないじゃないの」

室内の光景を眺めて、二人の間では言葉が交わされる。

歩みはフツメンの傍《かたわ》らまで進み、彼のすぐ近くに並んだ。

「二人共せっかくの旅行中、迷惑を掛けてすまないな」

「迷惑を掛けたのは貴方《あなた》ではなく、志水《しみず》さんでしょう？」

「いいや、発端はこちらの存在だ」

「そういう意味だと、諸悪の根源は仕事を持ってきたお姉様にありますね」

人数を増やしたことで、宅内は途端に賑《にぎ》やかになった。状況は既に決したと判断してだろう。ローズとガブリエラは互いに軽口を叩《たた》き合《あ》う。その傍らで西野は委員長に向き直り、つい今しがたにも耳にした話題を再び振った。

「委員長、悪いが事情とやらの説明を頼みたいのだが」

「え？　あ、う、うん……」

志水の口から続けられたのは、誘拐犯の身の上話である。

彼女もまた悪い人たちに父親を人質に取られて、仕方なくこれに協力しているのだとい
う。ローズの仕事を邪魔したのも、その過程で西野たちを襲ったのも、すべては彼女の父
親を攫《さら》った者たちからの指示とのことだった。

一通り説明を終えたところで、委員長は先方に向かい英語で問いかける。

「……で、正解ですか？」

繰り返し確認したにもかかわらず、それでもお伺いを立ててしまう志水。

もしも間違っていたら、後で大変なことになってしまいそうだからと。

誘拐犯からはこれまでとまったく同じ文句が返ってきた。

「その通りです。だから、その銃を下げませんか？」

「………」

現場の判断を仰ぐよう、委員長はチラリと西野に視線を向ける。

そして、彼が頷《うなず》いたのを確認して腕を下げた。

すぐ近くには銃を手にしたローズや、フツメンと同じような不思議パワーを備えたガブ

リエラの姿もある。これ以上は自分が頑張る必要もないだろう、との判断だ。それになによりも、腕が限界に達していた委員長である。

「っていうか、西野《にしの》君は驚かないの？　こんな可愛《かわい》い女の子なのに」

「この手の仕事には大人も子供もない。むしろ、相手の意表を突く為《ため》に、幼い子供を好んで利用する者も少なくはない。実際、我々のすぐ近くにもこうして、その典型的な例が存在しているだろう」

すぐ傍《かたわ》らに立ったローズを視線で示して言う。

西野に見つめられた彼女は、すぐさま軽口を返した。

「あら、その子供に助けを求めたのは、どこの誰かしら？」

「勘違いするな、中身ではなく見た目の話だ」

「お姉様は大人げないので、子供に見ラレても仕方がありません」

「そういう貴方《あなた》こそ、本当の歳《とし》はいくつなのかしら？」

ここのところ鋭さに磨きがかかりつつあるガブちゃんの発言。

ローズからは忌々しげな眼差《まなざ》しが向けられた。

二人に構わず、フツメンは委員長との会話を続ける。

「また、可能性の上では、想定していなかった訳でもない」

「……どういうこと？」

「初日の夕食の席で、給仕の制服の下に凶器を隠しているのが見えた」

「それってもしかして、私がぶつかっちゃったときのこと？」

「ああ、そうだ」

「なるほど、どうりでマジマジとスカートの中を覗《のぞ》き込《こ》んでいた訳ね」

「…………」

当時、西野の視線の行き先をしっかりと把握していたローズだ。

合点がいったとばかり、声に出して頷《うなず》く。

ソファーに座って聞き耳を立てていた誘拐犯の少女は、彼らのやり取りを耳にしたことで、少しばかり開いていた膝をピタリと閉じた。どうやら多少であれば、日本語を理解することができるようだ。

先方の反応を目の当たりにして、ローズの意識が彼女に移った。

そして、確認するように日本語でゆっくりと、先方に語りかける。

「私が最初に会った人物は、貴方の父親ではなく偽物なのよね？」

「……それが何？」

「彼は私たちとは仲良しなの。ビジネスパートナーと称しても過言ではないわ。だから、もしよければ貴方の父親を助け出す手助けをしたいと考えているのだけれど、貴方にも協力をしてもらえないかしら？」

フランシスカから説明を受けた、現地の協力者とやらである。

彼女たちが想定したとおり、どうやら本物の協力者は既に、他所《よそ》で囚《とら》われているようだった。修学旅行の二日目に確認した人物は、フツメンとガブリエラが気付いたとおり、少女が生み出した偽者であった。

「私のパパ、助けてくれる？」

「ええ、そうよ」

「どうして、助けてくれる？ 私、敵じゃないの？」

「もし仮に貴方《あなた》が敵であったとしても、それが私たちの仕事だからよ」

「…………」

なによ、日本語も話せるじゃないの、とは委員長の胸中に生まれた鬱憤だ。これまでの努力は何だったのかと、少なからず苛立《いらだ》ちを覚える。英語でのやり取りとは異なり、拙い発声ではあるが、しっかりと受け答えしていた。

しかも、片言でのやり取りが、幼い容姿も手伝い、眺めていて保護欲を誘う。

「どうかしら？ 貴方の協力があれば、私たちはより確実に動けるわ」

「私のこと、騙《だま》してない？」

「貴方を騙すような理由が、私たちには何もないのだけれど。より正確に伝えるなら、私の上司は貴方の父親とは知り合いよ。なんなら後で本人に連絡を取ってもらっても構わないのだけれど、それでも不安かしら？」

「…………」

フランシスカはどうして、この娘の存在を把握していなかったのかしら。ローズは上司の不出来な仕事に内心ひとりごちる。西野《にしの》やガブリエラも同じような疑問を抱いたが、本人の手前、それを話題に上げることはなかった。

彼女たちの意識は共に、目の前の人物の懐柔を優先していた。

少女が備えた得体の知れない力は、三人にとって非常に厄介な代物だ。

「……分かった」

ローズの説得を受けて、少女は小さく頷《うなず》いた。

ピンと張っていた背筋が弛緩《しかん》して、少しだけ丸くなる。

先方の承諾を得たことで、ローズはすぐさまフツメンに向き直った。

「そういう訳で西野君、これからの予定なのだけれど……」

「あぁ、そういうことであれば、最後までアンタに付き合おう」

「ありがとう、とても助かるわ」

「彼が一緒なのでしたラ、私もお姉様の手伝いをしましょう」

フツメンと行動を共にする機会を得て、ローズとしては役得だ。

この際、ガブリエラの存在は忘れることにした。

　さっさと仕事を終えて、観光の時間を確保しましょう、などと考え始める。修学旅行も残すところ一日。せめて観光地の一つくらいは巡りたいわね、と頭の中では近隣のスポットが候補に挙がる。

　先方の最大戦力を取り込んだ今、ゴールは目前に感じられていた。

「ところで貴方《あなた》、名前はなんと言うのですか？」

「……ノラ・ダグー」

「ノラ・ダグーは、父親がいル場所を把握していルのですか？」

「たぶん」

「でしたラ、ソレを我々に教えて下さい。すぐ救出に向かいましょう」

　旅行期間を大切に感じているのは、ガブリエラも同様のようだ。急《せ》かすように少女に尋ねた。

　自らをノラと名乗った少女は、ローズからの提案を素直に信じたようで、二人に対して細かな場所について説明を始めた。彼女のパパや、パパを攫《さら》った面々は、グアムの基地関係者のようで、所在もその近辺にあるとのこと。

　だとしたら、事前にフランシスカへ連絡を入れたほうがいいかもしれないわね、とはローズの言葉である。だったラさっさとして下さい、なるガブリエラの指摘に促されて、あれやこれやと賑《にぎ》やかにし始める二人。

そうしたやり取りの傍《かたわ》ら、委員長から西野《にしの》に声が掛かった。

「あの、西野君、松浦《まつうら》さんや荻野《おぎの》君との待ち合わせなんだけど……」

「小遣いを渡してきた。あちらはあちらで楽しんでいるだろう」

一連の騒動から、意識がお仕事モードに切り替わっていた彼である。

志水《しみず》へのお返事も、普段にも増してシニカルなものだった。

決して上から目線でものを言ったつもりはなく、下に見ている訳でもない。相手がローズであろうとも、マーキスであろうとも、同じように語っただろうフツメン。しかし、委員長的にはかなり感じが悪く聞こえた。

だからだろう、自らが提唱する西野調教プロジェクトを思い起こす。

この場で注意せずに、いつ注意するのだと、彼女は意識も高く彼に伝えた。

「西野君、また他の人のこと軽く扱ってない？」

「……すまない」

「もう少し優しく言ったほうが、絶対にいいと思うんだけど」

「あぁ、委員長の言う通りだ」

松浦さんとのやり取りを思い起こした彼は、素直に頭を下げて応じた。

◇　◆　◇

西野《にしの》が囚《とら》われの委員長と合流を果たした一方、二人と別行動を取ることになった松浦《まつうら》さんと荻野《おぎの》君は、なんだかんだで修学旅行を満喫していた。

後者からすれば、女子生徒と共に過ごす自由行動。性格こそ危険極まりない一方、黙っていれば アイドルとして通用する程度には可愛《かわい》らしい松浦さんである。その傍《かたわ》らを歩くことに荻野君は多少なりとも喜びを覚えていた。

そして、フツメンから多額のお小遣いを渡された前者は、誰の目から見てもご機嫌そのもの。荻野君とのやり取りも穏やかなもので、二人きりとなった旅中であっても、これといって難色を示すことはない。

「あっ、これなんか通販サイトで買うよりも安いじゃん」

「どんだけ安くても、バッグに千ドルはヤバいでしょ」

「これくらい普通じゃない？」

「絶対に普通じゃないと思うんだけど」

「だけど、男子だって高い腕時計とか好きじゃん？　荻野もさっき見てたし」

「そう言われると、たしかに否定はできないけど……」

ショッピングモールを出発した二人は、タクシーを拾って高級ブティックが並ぶ地区に足を運んだ。グアムを訪れた観光客が免税店を求めて足を向ける界隈《かいわい》だ。近くには水族館や遊園地なども併設されている。

お小遣いを使い果たしての金欠から一変、追加資金を得た松浦さんたっての願いから、ブランド品を見て回ることになった。クリスマスセールの時期と重なったことで、店内は観光客で大変な賑《にぎ》わいを見せている。

「松浦さん、ぶっちゃけこういうバッグって高校生が持つようなものなん？」

「進学校や有名私立ならまだしも、生徒の半分が就職するような公立だと、完全に援交の証明だよね。小物やアクセと見合ってないの丸分かりだし」

「あ、いや、そういうエグいことは、男の前では言わないで欲しいんだけど」

「だって、聞いてきたの荻野じゃん」

「隣のクラスの松下《まつした》さんとか、たまにこういう感じのバッグを学校に持って来てるの見ちゃったことあるし、なんなら今回の旅行でもチラホラいたような」

「松下さんだったら普通にやってるけど、知らなかった？　学内でも彼女のこと買ってる男子とか、普通にいるって噂《うわさ》だし」

「……ごめん、もう聞きたくない」

タクシーの乗り降りや階段の上り下りなど、事あるごとにパンチラを披露する松浦さん。西野から与えられたお小遣いをより多く自らの懐へせしめんと、あの手この手で荻野君から譲歩を引き出さんとしている。

西野《にしの》攻略に向けて用意したミニスカが、ここぞとばかりに威力を発揮していた。

「モノを買えるだけのお金が手元にあると、店を眺めて回るのも楽しいよね」

「まさかとは思うけど、西野から渡されたの丸っと使っちゃうつもり？」

「今度一発ヤラせてあげるって言ったら、童貞の荻野《おぎの》的にはどう？」

「ど、童貞じゃねぇよ！」

「こんなところで強がっても、いいことなんて一つもないのになぁ」

松浦《まつうら》さんから手玉に取られっぱなしの荻野君である。

しかし、これはこれで悪い気がしない。

女子生徒から逆セクされることに、喜びを感じてしまう童貞だった。教室内では剽軽者《ひょうきんもの》として一定の地位を得ていたとはいえ、それでも中層カーストの生徒に過ぎない。日常的に異性と交流がある立場にはなかった。

これに対して相手は、こと男女関係に関して百戦錬磨の松浦さんである。的確に相手の心中を見据えて言葉を重ねていく。西野からゲットしたお小遣いをせしめるべく、彼女は荻野君を煽《あお》るように問答を続けた。

「荻野って女子に告った経験とか、一度もないんじゃない？」

「いやいや、告白くらいしたことあるし」

「どうせ小学校の頃とか、そういうのでしょ？」

「ちげぇから」

「高校のうちにクラスメイトで筆おろしとか、一生の思い出に残るよ」

「それ黒歴史の間違いじゃね？」

「西野君はもう楽しんだ後って言ったら、荻野もやる気が起きない？」

「えっ、マジ？」

「うは、めっちゃ反応してるし」

「っ……」

ああだこうだと賑《にぎ》やかにしながらも、二人はショッピングセンター内を歩む。実情はどうあれ、第三者からすれば旅中を共にするカップルさながらの荻野君と松浦さんだ。周囲には似たような男女がそこかしこに見受けられる。

そうしてしばらくウィンドウショッピングを楽しんだ時分のこと。

彼らの行く先に店を構えていた店舗から、見知った面々が姿を現した。

「あれー？　荻野っちと松浦さんじゃん」

いの一番に声を上げたのは、先頭を歩いていたリサちゃんである。

傍《かたわ》らには彼女とグループを同じくする女子生徒の姿も見られた。

また、すぐ隣には竹内《たけうち》君や鈴木《すずき》君を中心とした、男子生徒のグループも付き添っている。

どうやら二つのグループが合流の上、共に自由行動の時間を過ごしているようであった。

傍目《はため》にもかなり華やかに映る一団である。

「荻野《おぎの》お前、松浦《まつうら》さんと二人なの？　委員長は？」

「いや、それがちょっと……」

リサちゃんに続いて、すぐさま鈴木《すずき》君から声が上がった。

荻野君と松浦さんが志水《しみず》と自由行動のグループを共にしていることは、教室での騒動から誰もが把握している。彼からすれば、意中の相手と旅行を共にする絶好の機会であった。その姿を求めてキョロキョロと周囲の様子を窺《うかが》い始める。

そして、鈴木君が委員長に執着していることは、荻野君も理解していた。

だからこそ、彼は返答に躊躇《ちゅうちょ》する。まさか西野《にしの》と二人きりで別行動しているとは、口が裂けても言えない。素直に伝えたのなら、目の前の人物がどのような反応を見せるのか、考えただけで頭の痛い質問だった。

ただでさえ昨今の鈴木君は、フツメンに対して鬱憤を溜《た》めている。教室内では言い合いとなることも度々。西野たちとの距離感が縮んだことで、荻野君はそうした事実を正確に把握していた。

これに構うことなく松浦さんが言う。

「委員長なら、西野君と一緒に別行動してるけど？」

「はぁ？」

「今頃はホテルに戻って、二人だけで楽しんでたりするんじゃない？」

「いやいやいや、それはないでしょ？　どうしてそうなるんだよ」

あけっぴろげな松浦さんの物言いを受けて、狼狽《うろた》える羽目となる鈴木君。

彼女の脳内では既に、合体認定のフツメンと委員長だ。

それもこれも西野の気取った言動が悪い。

すると一連のやり取りの傍《かたわ》らで、二年A組のカースト上位を占める男女は、ああだこうだと言葉を交わし始めた。話題に上げられたのは、先日から同クラスの一部の男子生徒を発端として始まった、旅中における告白騒動である。

「もしかして西野のヤツも告白とかしちゃってるわけ？」「一昨日《おととい》からクラスの男子が賑《にぎ》やかにしてるあれのこと？」「女子でも調子付いちゃってるの、意外といるらしいよね」「流石《さすが》にアレはないでしょ」「っていうか、普通にウザくない？」

中層カースト以下が騒動を楽しんでいる一方、上位層の反応は冷ややかだった。

女子生徒としては、松浦さんに対するやっかみも多分に含まれていると思われる。

これに対して仲裁に立ったのが、輪の中心に立った竹内《たけうち》君とリサちゃんだ。

「旅行の楽しみ方は人それぞれだし、誰かが迷惑を被っている訳でもないんだから、別にいいんじゃない？　そこで俺らが文句を言うのも見当違いでしょ」

「委員長だって修学旅行中に問題を起こすほど馬鹿じゃないよ。松浦さんの言い方はアレだけど、鈴木《すずき》君もそこまで心配する必要はないと思うけどな？」

「まあ、そ、そうだよな。委員長に限ってそんなことある訳ないし」

二人の物言いを受けて、鈴木君は落ち着きを取り戻した。

そうこうしていると、荻野《おぎの》君の下からブブブという音が響く。

「わ、悪い。ちょっとばかり失礼して……」

短く呟《つぶや》いて、彼はポケットから端末を取り出した。

ロックを解除して画面に目を向ける。

すると直後に、荻野君は表情をピシリと強張《こわば》らせた。剽軽者《ひょうきんもの》としてリアクション芸を披露するべく、日々鍛え上げた顔面筋の反応は顕著なもの。彼の驚きは居合わせた面々にも容易に察せられるものだった。

誰にも先んじて声を上げたのは松浦《まつうら》さんである。

「荻野、なに急にマジ顔になってるの？」

「いいや、別になってないッスから」

彼女の発言を耳にして、荻野君はハッとした様子で受け答え。

当然ながらそれで収まる松浦さんではない。

ここぞとばかりに鈴木君を苛《いじ》めるべく会話を続ける。

「もしかして、西野《にしの》君から委員長のハメ撮りが送られてきたとか？」

「ちげぇよ！　っていうか、松浦さんシモネタ好き過ぎでしょ」

「だったら何なのか教えてよ」

「あ、ちょっと、勝手に覗《のぞ》き込《こ》まないでっ……」

「別にいいじゃん、私と荻野の仲でしょ」

相手の腕を取って、半ば強引に端末を覗き込んだ松浦さん。

異性から予期せぬ接触を受けて、荻野君は緊張から硬直。二の腕を包み込むような胸の感触が、如実に童貞の意識を揺さぶる。学年でも随一、委員長すら凌《しの》ぐ巨大な代物が、薄い夏服の生地越し、存分に擦《こす》り付《つ》けられる。

そうして生まれた隙を狙い、松浦さんは端末を確認。

画面にはメッセージアプリのトーク画面が表示されていた。

彼女の記憶が正しければ、相手は同じ学校の女子生徒。

しかも直近のメッセージには、荻野君から先方に対して、告白を思わせるワードが並べられていた。そして、今まさに先方からお返事が返ってきたと思われる会話の流れが、端末のディスプレイには映し出されていた。

通知の原因となった女子生徒からのお返事は非常に端的なものだ。

曰《いわ》く、後日改めてお返事します、とのこと。

「荻野、C組の奥田《おくだ》さんのこと狙ってたの？」

「わ、悪いですかね？」

「いや別に？　でも、あの子って不思議ちゃんだよ？　しかも割とレベル高い感じの」

「入学して間もない頃の噂《うわさ》だろ？　それなら俺も知ってるけど……」

荻野《おぎの》君と松浦《まつうら》さんの間で、奥田《おくだ》なる女子生徒を巡って言葉が交わされる。後者の発言を受けて、前者は殊更に表情を強張《こわば》らせた。どうやら伊達《だて》や酔狂で告白のメッセージを送った訳ではないようだ。

学友の影響からご多分に漏れず、しれっと告白騒動に参加していた荻野君である。

「もしかして、不思議ちゃん相手なら自分でも行けると思った？　適当そうに見えて、こういうところ意外と手堅く考えてるの、男としてちょっと格好《かっこ》悪いよね。それならまだ西《に》野《の》君の方がマシじゃない？」

「そんなこと、か、考えてねぇから」

「あ、図星でしょ？　図星なんでしょ？」

「っていうか、それを言ったら最近の松浦さんだって、なかなかのものじゃね？」

「本人の前でそういうこと言っちゃう？　流石《さすが》に酷《ひど》くない？」

「強引に他人のスマホを見といて、それはないと思うんだけど」

「それじゃあ荻野は、私とヤッた後で奥田さんに改まって告るのかぁ」

「だから、ヤ、ヤラないって言ってるだろ!?」

「奥田さんに振られたら、荻野は童貞のままだけど、それでいいの？」

「いやいや、振られるって決まった訳じゃないし」

「お小遣いを好きにさせてくれたら、私は振られた後のケアでも可だけど」

「っ……！」

松浦さんからの提案は、荻野君にとって底抜けに魅力的なものだった。

腐っても鯛《たい》。

ヤリ●ンでもクラスメイトにして未来のアイドル。

ニチャァと意地の悪そうな笑みを浮かべる松浦さんは、異性経験に乏しい荻野君にとって、到底対処できるような相手ではなかった。竹内《たけうち》君や鈴木《すずき》君であっても、結果として見事に乗りこなされてしまった次第である。

そして、互いに引っ付き合って賑《にぎ》やかにする二人の姿は、実態はさておいて、傍《はた》から眺めたのなら非常に仲が良さそうに映った。しかも、前者に関してはそれなりに見栄えのする女子生徒である。

こうなると居合わせたカースト上位の生徒たちとしては面白くない。

男子生徒からすれば、荻野君に対して嫉妬を抱かざるを得ない状況。そして、自らが一定以上の立場にいるからこそ、男として遥《はる》か格下に見ていた人物に嫉妬してしまった自身に対しても、苛立《いらだ》ちを覚える羽目となる。

女子生徒としては、荻野《おぎの》君が相手とはいえ、松浦《まつうら》さんが楽しそうに旅中を過ごしている事実が腹立たしい。なんなら自分たちと大差ない綺麗《きれい》めな格好をしており、それが似合っている点も苛立《いらだ》ちポイントである。

「なぁ竹内《たけうち》、そろそろ行かねぇ？」「だよな、自由時間だって限られてる訳だし」「リサちゃん、アクセ見たいって言ってたよね？」「あっちにいい感じのショップがあったんだけど」「あ、さっき言ってた店だよね？」「いいじゃん、早く行こうよ！」

それもこれも西野《にしの》が蒔《ま》いた種である。

本人の知らないところで芽吹き、グングンと育ちつつある青春という名の潮流は、二年A組のみならず、学年全体を巻き込んでの騒動となりつつあった。その行き着く先に何が待っているのかは、まだ誰も知らない。

こうなると竹内君とリサちゃんも、クラスメイトの意向を無下にはできなかった。

「荻野、松浦さん、俺らはそろそろ他に行くから」

「またねー！　荻野っち、松浦さん」

グループのメンバーに促されるがまま、彼らは荻野君と松浦さんの下から離れていく。唯一、鈴木《すずき》君だけは委員長の行き先を思い、終始名残惜しそうにしていたが、多勢に無勢で流されていった。

彼らを見送ったところで、荻野君と松浦さんはショッピングを再開。

「あっ、荻野、アレ見てよ、アレ！」

「次は何なんスかね？」

「向こうにホテルがあるっぽいけど、どうする？」

「俺、奥田《おくだ》さん一筋だから！」

「そう言いつつも、結果的にお小遣いを私に譲る作戦なんでしょ？　狡《ずる》いなぁ」

「っ……」


真に狡い松浦さんは、荻野君が医学部の受験を決めたことを、教室内での竹内君との会話から把握していた。お小遣いの運用方法はさておいて、ここで一発ヤラせておくことには、将来的に価値があると検討を始めている。

対して誘われたのはピュアな男子高校生。

先方がそこまで考えているとは夢にも思わない。

荻野君は自らの端末を握りしめて、松浦さんのエロい誘惑に抗《あらが》い続けた。

◇

◆

◇

荻野君と松浦さんが竹内君たちと出会っていた同時刻、ローズの仕事から発する騒動の黒幕を掴《つか》んだ西野たちは、すぐさま移動を開始した。委員長の誘拐騒動から一変、本丸を叩《たた》くべく進展である。

足はフツメンが持ち込んだコンバーチブル仕様のレンタカーだ。

これに皆々で乗り込んで、ノラから確認が取れた場所まで向かうことになった。

その間には車上で彼女から、これまでの経緯について簡単な説明がなされた。

「なルほど、先程の家屋は貴方《あなた》の自宅だったのですか」

「はい」

「母親はどうしているのかしら？　父親が攫《さら》われているのに、事情を知らないということもないでしょう。貴方まで留守にして心配させるのは申し訳ないし、然《しか》るべきところから連絡を入れることもできるけれど」

「母は死んだ。もう、いない」

「ごめんなさい、不躾《ぶしつけ》なことを聞いてしまったわね」

「……いえ」

各々の位置関係は、運転席にフツメン。助手席に委員長。後部座席にローズ、ノラ、ガブリエラといった塩梅《あんばい》だ。当初は助手席を狙ったローズであったが、車両が四シートであった為《ため》、運転手によって小柄な三人が後ろに放り込まれた。

自《おの》ずとノラに対する事情の確認は、ローズとガブリエラの仕事になった。

「ホテルで働いていたのは、私たちを狙ってのことでしょうか？」

「違う。以前から働いていた」

「私たちがこの子と接触したのは、こちらを訪れて初日の夕食。フランシスカが事前に情報を流しでもしていない限り、修学旅行に参加中の学生が訪れるとは、先方も思わないでしょう。その点は信じても構わないと思うわよ」

「たしかに、ソレもそうですね」

ところで、委員長としては路上から向けられる他者の視線が気になる。

運転手が子供なら、運ばれているのも子供。しかも後部座席に座った三名は、委員長と比較しても殊更に幼く映る。それが厳《いか》ついオープンカーに乗り込んでのドライブは、どうしても人目を引いていた。

信号機などで一時停車した際など堪《たま》らない。

自動車が走り出してから、ずっと俯《うつむ》きがちな彼女である。

そうした志水《しみず》の思いなど露知らず、軽快にも車を走らせる西野《にしの》が問うた。

「ところで、フランシスカとは連絡が取れたか？」

「それがあの子、うんともすんとも言わないのよねぇ」

「まあ、我々の面倒ばかり見ている訳でもないだろうからな」

「だとしても、この子の大事を放置するとは思わないのだけれど」

受け答えするローズは、間に座ったノラ越しにガブリエラを眺める。

話題に上げられた彼女はこれに構わず、隣に座った人物に語りかけた。

「ところで貴方《あなた》、少し臭いますね。ちゃんとシャワーを浴びていルのですか？　接客の仕事をしていルのですから、もう少し気を使うべきだと思います。着ていルシャツも、どことなく汚レが見ラレます」

「……はい、洗います」

「なんだったラ運転手に頼んで、帰りにスパにでも寄リましょう」

「ちょっと貴方、勝手に予定を決めないで欲しいのだけれど」

そうして賑《にぎ》やかに過ごすことしばらく、面々は目的地に到着した。

現場はすぐ近くに軍事施設を眺める、建物も疎《まば》らな閑散とした郊外。海岸にかなり近いエリアとなり、道路沿いに生えた樹木の合間からは、青々とした海の色が窺《うかが》える。寄せては返す波の音が、すぐ近いところから鮮明に絶え間なく響いていた。

海辺まで足を延ばせば、港に寄港した巡航ミサイル艦や潜水艦が目に入ったかもしれない。機体には軍事施設と所属を同じくするマークが窺える。船体からは駆動状況を知らせるかのように、キーンと甲高い音が響く。

目当ての建物は、築三十年は下らない古ぼけた店舗施設だ。

その手前、数十メートルの地点で車を降りての接近。

すぐ近くには浜辺が広がっており、人の気配もチラホラと感じられる。海上からはジェットスキーの走り回る音。面々は観光客を装いつつ、それでもなるべく人目を憚《はばか》りながら歩みを向かわせた。

「一昨日《おととい》、そこのガレージでパパに会った」

「分かった。早速だが段取りについて話がある」

道端に生えた樹木の陰に身を隠して、西野《にしの》たちは盗み見るように現場を確認。

ノラの発言を受けて、そのまま作戦会議と相成った。

先頭に立つのはローズに決まった。裏手から入り込んで、状況を確認、可能であればそのまま制圧してしまうわね、とは本人の言葉である。西野とガブちゃんは彼女の後方からサポートに当たることになった。

こうなると浮いてしまうのが委員長の立場である。

自分はどうすればいいのかと、不安げな面持ちとなる。

「あの、私は……」

「委員長はこちらで守る。何があっても傷一つ付けさせない」

「っ……」

即座に返されたフツメンの物言いに、思わず胸キュンの志水《しみず》だ。

どうやら彼女的には、こういう不意打ちがイイらしい。

ローズとしては、苛立《いらだ》たしいにもほどがある反応だ。

「さっさと行くわよ！」

懐からナイフを取り出し、我先にと現場に向かい駆け出していった。

その背中を西野《にしの》たちも急ぎ足で追いかける。

彼らの臨む店舗施設には、大きく二棟の建物が見受けられた。

一つは砂浜に面してオープンテラスの設けられた、観光客向けのショップを思わせる外観の建物。営業はしていないのか、通りに面した窓はどれもカーテンが閉められており、屋内の様子は窺《うかが》えない。

もう一つはノラが指し示したガレージ。鉄骨造で三角屋根の一般的なもの。バンやピックアップトラックなど、大きめの自動車を横並びで二、三台ほど収められるくらいの大きさがある。シャッターが閉じられており、周囲に人気《ひとけ》はない。

ローズは駆け足で後者の傍《かたわ》らに駆け寄った。

そして、側壁に設けられていた高窓に張り付く。

数メートルの高さも、彼女の健脚にかかれば大した障害ではない。僅かな窓枠に指をかけてポジションを維持しつつ、内部の様子を確認する。するとガレージにはジェットスキーや小型のヨットなどが収められていた。

窓から差し込む明かりを頼りに、物陰まで隈《くま》なく確認。

しかし、そこに人の姿を見つけることはできない。

「ここには居ないわ。もうひとつの建物ではないかしら？」

「分かった。そちらに向かおう」

駆け足でガレージに併設された店舗に向かう。

人目を避けつつ、建物の裏手に回り込む。

勝手口にはロックが掛けられていたが、こちらは西野が触れると一瞬にして切断された。過去には竹内《たけうち》君の父親が理事を務める病院で、屋上に通じる階段室のドアを相手に同じようなことをしていた。

カランと音を立てて落ちた金属片を眺めて、驚いたのがノラ。

他の面々は気にした様子もなく、屋内に意識を向ける。

ドアノブを引いたローズが先頭に立って侵入。

これに西野たちも続く。

勝手口を入ってすぐはパントリー。そこから更にドア一枚を隔てて、キッチンと思《おぼ》しき空間が窺える。半開きとなっていたドアから内側を覗《のぞ》き込《こ》むと、キッチンの先にはカウンター越しに、ちょっとしたホールが広がっていた。

カウンターの正面には一列に椅子が並ぶ。

間取りは小規模ながら、飲食店として機能するようになっていた。

そこに二人、人が並んで座っているのが確認できる。

「パパ……」

内一人を眺めて、ノラがボソリと小さな声で呟《つぶや》いた。

西野《にしの》たちも見覚えのある面構えだ。

修学旅行の二日目、ローズの案内で顔合わせを行った現地協力者。その偽者がまったく同じ顔立ちをしていた。当時、幻を見せていた人物がフツメンたちの隣にいることを思えば、こうして本日遭遇した人物は、本物で間違いないだろう。

また、彼と並んで座った人物にも、西野たちは覚えがあった。

偽者と遭遇した時、現場に客として居合わせた男の一人だ。額にはガーゼを当てており、腕や足にも包帯を巻いている。ガブリエラが放った火球の炸裂《さくれつ》による怪我《けが》だろう。傷が痛むのか、時折かばうような素振りを見せる。

「貴方《あなた》のパパ以外にも、前に見た顔がいるわね」

「彼は貴方の父親の知り合いですか？」

「前にガレージで、パパを虐《いじ》めてた」

「ソレにしては、随分と仲が良さそうに見えますが」

ノラの父親と怪我をした男の間では言葉が交わされている。

それもかなり軽い感じのやり取りだ。

人質と誘拐犯というよりは、職場の同僚といった雰囲気が感じられる。事実、ノラの父親は拘束されていたりもしない。カウンターに置かれたグラスを手に取り、これを口に運ぶ自由もあるようだ。

　耳をすませば、西野たちにも会話の内容が聞こえた。

「お前の娘、本当に上手《うま》いことやれるのか？　大丈夫なのか？」

「上手いことといかなきゃ、俺たちは一巻の終わりだ」

「どうしてそう、落ち着いていられるんだよ！　こっちはもう二人、一方的にやられてるんだぞ？　なんなんだよ、あの人間バズーカみたいなヤツは！　いきなりズドンで、ロバートとミケルが死んじまった！」

「俺たちが慌てたところで、二人が戻ってくることもないだろう。それよりも連中と顔を合わせたときに利用した店の人間はどうした？　人質役の俺に代わって、先方とのやり取りを任せていたヤツだ」

「そっちは安心しろ。ちゃんと口は封じたからよ」

「そうか」

　修学旅行の二日目、西野たちと顔を合わせた際のことを話題にしているようだ。ところどころ物騒な響きが、聞き耳を立てている彼らの下まで聞こえてくる。

「くそっ！　なんだってあんな化け物みたいなのがっ……」

「こんなことなら、裏切るような真似《まねや》は止めておくべきだったな」

包帯巻きの男が、カウンターを手でドンと叩《たた》いて声を荒らげた。

ノラのパパは心底参ったと言わんばかりの表情でグラスを傾ける。

「まさかとは思うが、今更裏切るような真似《まね》はしねぇよな？」

「お前、どうにか身を隠せないか？」

「ふざけんな！　自分だけ助かろうっていうなら、娘にすべてバラすぞ」

「娘がどう思ったところで、少なくとも組織から狙われることはない」

「……おいおい、ちょっと待てよ。子供が可愛《かわい》くねぇのか？」

「化け物という意味だと、あれも同類には違いない」

二人の間ではノラのことが話題に上がり始めた。彼女が一人で西野《にしの》たちに挑んでいることも、把握しているかのような口ぶりである。少なくともフランシスカを相手に、裏切りを働いたのは間違いなさそうだ。

これには聞き耳を立てる面々も首を傾《かし》げた。

事前に確認していた事情とは、大きく隔たりが感じられるやり取りである。

「正気か？　実の娘なんだろう？」

「血が通っているからといって、素直に愛せるとは限らない」

「ああまでもお前の為《ため》に働いているのにか？　今も頑張っているんだろ？」

しかも、男たちのやり取りはノラの存在を巡り、なんとも不穏なものだ。

聞き耳を立てている彼女の頬《ほお》には、これまでになかった強張《こわば》りが見て取れる。キッチンに通じるドア枠を握りしめた手は、緊張から肌の色を変えていた。彼女としても、想定外の出来事なのだろう。

そうして娘の見つめる先、父親は嘆息と共に言った。

「理屈じゃないんだよ。そう、アレは化け物なんだ」

「まさか、お前……」

「素直に言うと、この機会に死んでくれたらいいとさえ思っている」

続けられた言葉を耳にして、ノラの目が大きく見開かれた。

目の前の光景が信じられないと言わんばかり。

ぽかんと半開きになった口元、唇が小刻みに震えている。

「貴方《あなた》、父親から都合よく使われていたみたいね」

「っ……」

状況を確認するようにローズが言う。

直後にはガブリエラから提案が上がった。

「人間バズーカとしては、すぐにでも制圧すルことを提案します」

「貴方、それでいいの？」

「何か問題でも？　なかなか素敵な響きではありませんか」

ところで、カウンターに掛けた男たちは英語でやり取りしている。

おかげで一人だけ、仲間外れなのが委員長だ。

彼らが何を言っているのか、彼女はほとんど理解できていなかった。それでも自分を誘拐した少女が、威嚇射撃で髪を散らした際にも増して、辛《つら》そうにしている点から、何かしら修羅場に巻き込まれただろうことだけは理解していた。

「いずれにせよ、事情の確認は必要なの。この子の父親が人質であったにせよ、裏切っていたにせよ、身柄を確保することに変わりはないわ。以前のようにドカンとやるような真《ま》似《ね》は、この場では控えてもらえないかしら？」

「そうですか、残念です」

ローズとガブリエラの間で続く段取りが話し合われる。

その傍《かたわ》らでノラに動きがあった。

「パパッ！」

辛抱たまらず、キッチンに向けて突撃。

ドアを蹴り破らん勢いで開け放ち、ホールに面したカウンターに向かう。

予期せず響いた少女の声を耳にして、男たちはビクリと身体《からだ》を震わせた。お互いに向けられていた眼差《まなざ》しは、一変してフツメンたちが潜んだドアの先に向かう。そこには全開となった戸口に並ぶ面々の姿があった。

こうなっては隠れている意味もない。

西野《にしの》たちはノラの後を追いかけて、キッチンに足を踏み入れた。

「パパッ！　私、パパのこと助けに来たよ！」

「っ……」

皆々の面前、娘がカウンター越しに叫ぶ。

父親はその姿を視界に収めて絶句。

ガブリエラの姿を目の当たりにして、包帯巻きの男が吠《ほ》えた。

「に、人間バズーカだ！　人間バズーカがまた来やがったっ！」

「来てしまいました。ズドンとやラレたくなかったラ、大人しくして下さい」

男たちは闖入者《ちんにゅうしゃ》の存在を受けて、椅子から腰を上げた姿勢で固まる。その手は拳銃を求めて懐に伸びるも、ガブちゃんの発言を受けて静止。互いにカウンターを跨《また》いで、キッチンとホールで向かい合う形となった。

最後尾に続いた委員長は西野の傍ら、これをおっかなびっくり見守っている。

「パパ、一緒にお家《うち》に帰ろう？　私、ご飯を作るから」

「………………」

ニコリと笑みを浮かべて、ノラは父親に伝えた。

けれど、返事は戻らない。

それでも彼女は繰り返し語りかけた。

「パパ、私はパパの為《ため》なら、どんな仕事も頑張るよ?」

「…………」

「今の仕事だって、もっと上手《うま》くやれるように……」

だが、彼女に与えられたのは、一方的な拒絶であった。

父親は娘の声を遮るようにして言う。

「悪いが、私はお前を自分の娘とは思えない」

「っ……」

必死に笑みを浮かべていたノラ。その口元がピシリと凍りついた。

カウンターに遮られて、父親の目が届かないところでは膝が震える。

それでも彼女は努めて、穏やかな面持ちを保たんとしていた。

「その顔を眺めているだけで、私はいつも後悔に苛《さいな》まれる」

「パパ……」

「頼む、私のことをパパと呼ばないでくれ」

「これも演技なんでしょう? 人質から逃げ出すために……」

「お前さえ生まれてこなければ、私はカレンを失うこともなかった」

「っ……」

色々と込み入った事情がありそうなダグー家だ。

しかし、これを眺めるローズとしては、心底どうでもいい話だった。それよりもさっさと仕事を終えて、南の島で過ごす西野《にしの》とのバカンスを求めている。旅行期間も残すところ一日。一分一秒がとても大切な彼女だ。

「いずれにしても、貴方《あなた》たちを逃がす訳にはいかないのだけれど」

「この状況でも、娘を嗾《けしか》けルような真似《まね》を控えた点は、褒めてもいいです」

ローズの口上に続いて、ガブリエラが一歩を踏み出す。

その真っ赤な瞳に見つめられて、包帯男が吠《ほ》えた。

彼は両手を頭上に上げると共に、大きな声で訴える。

「か、勘弁してくれ！　俺はまだ死にたくない！」

ノラを味方に付けた時点で、既に仕事の大半は終えられていたようだ。

西野は黙ってことの成り行きを眺めている。

元よりローズの仕事であるから、この場は彼女に任せることに決めたようだ。その傍《かたわ》らで委員長は皆々のやり取りに一生懸命、聞き耳を立てている。せめて片言だけでも、会話を聞き取ってやるのだと意気込んでいた。

だが、収束し始めたと思われた騒動は、ここに来て変化が見られた。

「……私はママにも、パパにも、誰にも、必要とされていない」

なにやら、ノラの様子がおかしかった。

彼女の口から漏れたのは、誰に伝えるでもない片言の呟《つぶや》き。

快活な口調から一変して、喉元から絞り出すような声色。

誰にも先んじて変化に気付いた包帯男が、父親に向けて声をかけた。

「おい、お前の娘、なんか様子が……」

「あぁ……あああぁ、私、もう、何も……」

その呟きを受けて、皆々の注目がノラに向かう。

父親に向けられていた眼差《まなざ》しは、いつの間にやら自らの足元に伏せられていた。頭髪に隠されて表情を窺《うかが》うことも難しい。脇に沿ってピンと伸ばされた腕の先、固く握られた拳がプルプルと震えていた。

「ちょっと貴方《あなた》、どうしたのかしら？」

彼女の挙動に不穏な気配を感じたローズが一歩を踏み出した。

そうかと思えば、次の瞬間、ノラの口から大きな叫び声が発せられた。

「あぁぁぁあああああっ！」

それはキッチンからホールを抜けて、屋外にまで響くほど。

彼女はその場にしゃがみ込み、自らの身体《からだ》を抱え込むように丸まる。

時を同じくして、居合わせた皆々のメンタルを予期せぬ衝動が襲った。

「コレはまさか、お、一昨日《おととい》と同じアレではっ……」

「っ……なによこれ、前と、ぜんぜん違う」

目に見えない何かが、彼女を見つめる者たちの心を激しく揺さぶる。

それは恐怖だった。

ローズとガブリエラの口からも驚愕《きょうがく》が漏れる。

面前で困窮する少女と、一方的に与えられる得体のしれない恐怖感。ダグー家の事情を碌《ろく》に知らない彼女たちであっても、自分たちが晒《さら》されている状況が、家庭環境に絶望した彼女に起因しているだろうことは容易に判断できた。

「いやっ、こ、来ないで！　こっちに来ないでよっ！」

いの一番に反応を見せたのは志水《しみず》だった。

彼女はスカートの下から抜き取った拳銃を、ローズに対して向けていた。本人のメンタルがどういった状況にあるのかは定かでない。ただ、引き金には指が伸びていた。一昨日のガブリエラを彷彿《ほうふつ》とさせる挙動だった。

西野《にしの》はこれを手で叩《たた》いて落とすと、委員長の身体を不思議パワーで床に組み伏せる。

「精神的なショックから、力が暴走したか」

同時に彼は、懐から取り出したナイフで浅く自らの腕を裂いた。

混乱と恐怖の只中《ただなか》にあるメンタルを、鋭い痛みが辛うじて律する。

普段なら即座に突っ込みが入っただろうイキり極まった行い。馬鹿じゃないの、西野《にしの》君。それ絶対に死ぬまで跡が残るやつじゃないの、と。しかし、いつも突っ込みを入れてくれる彼女は、彼に押さえつけられて唸《うな》り声《ごえ》を上げるばかり。

フツメンは他の面々についても、すぐさま肉体を拘束した。

摩訶不思議《まかふしぎ》な力が、恐慌状態に陥った面々の肉体から自由を奪う。

これまで銃弾などを止めてきたのと同様だ。

それでも呼吸をする為《ため》、口だけは利くことができた。

これにより各々は、他者の目も構わず大きな声で騒ぎ始める。

「あばばばばば、サメが！　空を飛ぶサメが襲いかかってきます！」

委員長に次いで意識を飲み込まれたのはガブリエラだった。

床に倒れ伏した姿勢で、声も大きく叫びを上げる。

更には彼女が備えた力が、ノラに続いて暴発した。

ガブリエラの周囲に火球が出現、すぐさま四方八方に向けて放たれる。

一昨日《おととい》、郊外の飲食店で男たちを吹き飛ばしたものと比べて、二回り以上大きな代物だ。轟々《ごうごう》と音を立てて炎を撒《ま》き散《ち》らす様子からは、ひと目見て危機感を煽《あお》られる。西野もチリチリと肌を焼くような感覚を覚えた。

「あぁっ、カメまで！　カメまで襲いかかって来ます！　この世の終わりです！」

「っ……」

フツメンは皆々を守るように力を展開した。

目に見えないバリア的な何かだ。

委員長を筆頭とした自身の連れのみならず、ノラの父親や包帯男も含めて、全員を包み込むように異能力を行使する。その場に立っているだけで、髪を焦がすほどに感じられる熱量が、一瞬にして遮断された。

けれど、それで事態は収まらない。

時を同じくして、ガブリエラの火球が一斉に炸裂《さくれつ》した。

ズドンと大きな音が響く。

眩《まばゆ》い閃光《せんこう》が視界を覆う。

爆風が家屋の屋根や壁を内側から吹き飛ばした。

ガス爆発さながら、一撃で基礎を除いた構造物が吹き飛んだ。庭先に植えてあった樹木なども、根本から傾いてしまっている。建物の正面に停《と》めてあった自動車は、道路を越えてひっくり返っていた。

数瞬の後、粉々になって空に舞い上がった建材が、まるで雨のように近隣へ降り注ぐ。

家具も全滅だ。打ち上げられた椅子やテーブルなどが、少し離れて浜辺に突き刺さる。遠くからは観光客のものと思《おぼ》しき悲鳴がいくつも連なった。

「っ……この女、タガが外れている」

ガブちゃんの人間バズーカっぷりは、西野《にしの》が想像した以上のものだった。

頭上を見上げると、何に遮られることもなく、青々とした空が窺《うかが》える。

燦々《さんさん》と降り注ぐ陽光のまばゆいばかりの輝きに彼は目を細めた。

そこでふと気付く。

今まで感じていた得体の知れない恐怖が、爆発と共に消失していた。

「…………」

「爆発の衝撃で意識を失ったか」

ノラに目を向けると、彼女は彼が呟《つぶや》いたとおり、意識を失っていた。

全身から力が抜けてぐったりとしている。

フツメンが拘束を解くと、そのまま床へうつ伏せに倒れ込んだ。

見れば他の面々も同じようなことになっている。

「……息は、しているな」

すぐさま志水《しみず》の容態を確認したフツメンは、ホッと安堵《あんど》の溜息《ためいき》を一つ。

だが、そうして人心地ついたのも束《つか》の間《ま》のこと。

西野が見つめる先で、決して看過できない変化が見られた。

それは海岸の辺りから発せられて、空に向かい轟々《ごうごう》と立ち上っていくミサイル。しかも一発と言わず、二発、三発と立て続けに打ち上がっていくから、これはどうしたことか。

彼の記憶が正しければ、そちらには軍事施設があった。

港にはミサイル艦や潜水艦も寄港していた。

近隣に観光地が連なっていることを思えば、訓練だとは到底思えない。

「ここから基地内まで射程に収めるとは恐れ入る」

西野が振り返った先には、依然として気を失ったノラの姿がある。

どうやら彼女の力はかなりの広範囲に影響を与えていたようだ。

そうこうするうちにガブリエラが意識を取り戻した。

床から立ち上がった彼女は、フツメンと同様、空にミサイルを発見。

「西野五郷《ごきょう》、まさかとは思いますが、あレは……」

「今日がよく晴れていて助かった」

ズボンのポッケに両手を突っ込んだ西野が、青々とした空に向かい語る。

直後、彼のすぐ正面に浮かぶ形で、いくつか炎の塊が生まれた。

それはまっすぐに伸びた槍《やり》のような形をしている。

これが次の瞬間、高度を上げていくミサイルに向けて、一斉に放たれた。

パゥンパゥンと甲高い音を立てて発射、一瞬にして対象との距離を縮める。

「えっ……」

炎の挙動を目にして、ガブリエラの口からは疑問の声が漏れた。

対象がワープしたかのように見えた彼女だ。

数秒ほどを待つと、かなり高いところで火花が散った。それから更に数秒ばかり遅れて、ズドンと爆発音が届けられる。青々とした空の至るところで、こうした光景が立て続けに確認された。

米粒ほどの大きさになったミサイルを中心に、爆炎がいくつも空に滲《にじ》む。数秒と要せず、地上から打ち上げられた脅威はすべて、小さなシミになって消えた。ノラの意識が失われた為《ため》か、以降は後発が空に上っていくこともない。

頭上が静かになったところで、ガブちゃんは西野《にしの》に尋ねた。

「……つい先日にも、貴方《あなた》は言っていました」

「なんの話だ？」

「炎の扱いは不得手だったのではありませんか？」

彼女が人間バズーカなる二つ名を得ることになった際の出来事だ。

悪いが炎を扱うのは苦手なんだ、とかなんとか、格好《かっこ》つけて語っていたフツメンである。これに対してガブリエラはドヤ顔で、将来の展望を示していた。低温には限度がある一方、高温には際限がない、云々《うんぬん》。

今の光景を目の当たりにした後では、到底信じられるものではない。

「あぁ、苦手だとも」

「ですが、い、今の力はっ……」

「おかげで手加減するのが難しい」

「っ……」

ここぞとばかりに、シニカルを利かせるフツメン。

彼女に向き直り、両手を肩の高さに掲げて語ってみせる。

ガブちゃんは肝を震わせると共に、その得意げな顔に心底イラッとした。

〈修学旅行　六〉

グアムの空が静まりを見せてからしばらく、西野《にしの》の端末に連絡が入った。

相手は彼らからも繰り返し呼び出しを行っていた人物。

その言葉に従えば、今まさに現地を訪れたフランシスカだった。直後にノラの不思議パワーに端を発する騒動を受けて、大慌てでフツメンに連絡を入れたとのこと。直前にはローズに着信を入れていた彼女だが、その時点で部下は理性を欠いていた。

結果的に繋《つな》がった西野との間で情報共有。

すぐさま現場は彼女の預かりとなり、彼らは回収される運びとなった。

そうして訪れた先は、島内に設けられた軍事施設の一角。

西野たちは来賓向けと思《おぼ》しき応接室にまとめて通された。質実剛健とした施設の造りとは対照的に、その部屋だけは絨毯《じゅうたん》が敷かれていたり、値打ち物の家具や、見栄えを整える為《ため》の調度品が設《しつら》えられていたりする。

「こんなところまで顔パスとは大したものだ」

「前にも伝えたでしょう？　色々とあって出世したからと」

「あぁ、思い返してみれば、そんなことを言っていたな……」

皆々が腰を落ち着けているのは、高そうな革張りのソファー。

ローテーブル越しに西野《にしの》とフランシスカは顔を向き合わせる。

フツメンには甚だ不釣り合いな光景だ。

取り分け話し相手との容姿格差が酷《ひど》い。

同所を訪れるまでも、各所で奇異の眼差《まなざ》しを受けていた西野だ。

しかし、先方は至って真面目な面持ちで、イキリ陰キャに語りかける。

「ローズちゃんに協力してくれたこと、感謝するわ」

「別に構わない。以前からそのように伝えていた」

同所には西野とフランシスカの他に、ローズとガブリエラ、委員長、ノラの姿が見受けられる。ノラの父親と彼の知り合いと思《おぼ》しき包帯男については、別所で事情聴取が行われていると、同所へ向かいがてら先導役のフランシスカから説明があった。

各々の位置関係は、西野の両脇にローズとガブリエラ。委員長はフランシスカの隣。そして、お誕生日席的なポジションに用意された一人がけの一台に、ノラがちょこんと座している。誰が何を言うでもなく、自然とそのように収まっていた。

「しかし、今回は高く付いたな？　今後はしっかりと事前調査を行うことだ」

「あらぁ？　別に私は損なんてしていないわよぉ？」

「彼女の父親は、アンタの現地協力者だと聞いているが？」

西野がノラを見つめて言う。自《おの》ずと他の面々の注目も彼女に向かった。

皆々から見つめられたことで、本人は肩をすぼめて小さくなる。それまでも借りてきた猫のように大人しくしていたが、殊更に居心地が悪そうだ。顔は伏せられて、視線は自らの足先を見つめるばかり。

自分が何をしたのか、正しく把握しているようであった。

「現地協力者であると同時に、そもそも基地の関係者なのよね」

「……なるほど」

「むしろ、こちらが恩を売った形になるのかしら？　本当に貴方《あなた》が一緒にいてくれて助かったわぁ。ここのところ先方とは力関係に難儀していたのだけれど、当面は快く協力を得られるのではないかしら」

出会ってから今まで、フランシスカはニコニコと終始笑顔だ。

自ずとフツメンの口からは疑いの声が上がる。

「アンタ、本当に娘のことを把握していなかったのか？」

「当然でしょう？　誰と行動を共にしていたのか、考えて欲しいわぁ」

フランシスカの視線がガブリエラに向けられる。

見つめられた彼女は、これに飄々《ひょうひょう》と軽口で応じた。

「私の身柄をだしにすルくラい、オバサンなラ普通にやリそうですが」

「決してそのようなことはありません。どうか信じて下さい」

いずれにせよ、目の前の相手が素直に語ることはないだろう。

フツメンはそのように考えて、続く言葉を控えた。

代わりに彼女の部下から、愚痴が溢《あふ》れる。

「それにしても、随分と到着が早かったわね？　曲がりなりにも国内とはいえ、本土からはそれなりに距離があるでしょうに。私たちに仕事を押し付けて、一人でバカンスを楽しんでいたのではないかしら？」

「貴方《あなた》たちから報告を受けて、急いで駆けつけてきたとは思えないの？」

「碌《ろく》に連絡も取れなかったのに、よくまあ言うわね」

「だからこそ、取りたくても取れなかったのよ」

「それだったら、ここから先は貴方の仕事になるのだから、その労働意欲を遺憾なく発揮してもらいたいわね。こっちは旅行中なの。やるべきことはやったのだし、早いところ観光に戻りたいのだけれど」

「グアムなんて、何を見て回るのかしら？」

「それは旅を共にする相手がいない、寂しい人間の言葉じゃないかしら」

ちなみに一連のやり取りは、委員長も理解できるように、日本語で交わされている。そして、本日ばかりは彼女としても、ローズの意見に賛成だった。修学旅行も残すところ一日、まだまだ回りたいところは沢山ある志水《しみず》だ。

ただ、同所では発言の機会もなかなか見出《みいだ》せず、聞くに徹している。

「まあいいわ、その子の身柄はこちらで引き取らせてもらうわね」

「それは構わないけれど、父親もこの基地に拘束されているのよね？」

「ええ、それがどうかしたのかしら？」

「下手に刺激しないほうがいいわよ？　またミサイルが空を舞うから」

「……欲を言えば、しばらくは【ノーマル】の協力が欲しいわね」

青春を求め始める以前の彼であれば、報酬次第で素直に頷《うなず》いたことだろう。また、志水の痴態を目撃するより前であったのなら、クラスメイトの修学旅行を陰ながら守るという大義名分の下、歩み寄りを見せたに違いない。

しかし、昨今の彼には委員長と共に過ごす時間も大切であった。

それが一生に一度の修学旅行ともなれば、決して無下にはできない。

だからだろうか、続く言葉は自然と漏れていた。

「だったらアンタたちが、こちらの都合に付き合うといい」

「ちょ、ちょっと西野《にしの》君っ⁉」

「あらそう？　だとしたら、付き合わない訳にはいかないわねぇ」

フランシスカの口元にニィと笑みが浮かぶ。

ローズは慌てた面持ちとなり、両者の間で視線を行ったり来たり。

ガブちゃん的にはどちらでも構わないようで、催促の声が上がった。

「でしたラさっさと出発しませんか？　私はお腹《なか》が空《す》きました」

「そういえば、こちらも昼食を食べていなかったな」

するど時を合わせたように、委員長のお腹がぐぅと可愛《かわい》い音を立てた。

皆々の注目が彼女の腹部に向かう。

昼食を目前に控えてノラに攫《さら》われた志水《しみず》である。

「そういうのは私の役回りだと思っていましたが、先を越さレました」

「ちょ、ちょっと待ってよ！　狙ってた訳じゃないからね!?」

「貴方《あなた》のそういうとこロは、個人的にとても好ましく感じています」

委員長は顔を真っ赤にして言い訳を並べ立てる。

ガブちゃんからは、志水の存在を軽んじるなとフランシスカに対して牽制《けんせい》。これまでにもお弁当の調理の面倒を見てもらったり何をしたりと、私的に交流のあった二人だ。今回も重ね重ね世話になった手前、恩を返すべくの発言である。

その物言いを受けて、フランシスカの眼差《まなざ》しが変化を見せた。

西野《にしの》からも続けざまに、腹ペコ娘に対して補足が入る。

「フランシスカ、今回のＭＶＰは委員長だ。彼女の協力がなければ、こちらは何が起こっているのか理解できないまま、排除されていたかもしれない。正直、自身も助けられた点が大きいと考えている」

「貴方にそこまで言わせるなんて、珍しいこともあるものねぇ」

「現場の仕事なら、アンタより役に立つんじゃないのか？」

「そういうことだったら、存分に饗《もてな》させてもらおうかしら」

志水を見つめて笑みを深くするフランシスカ。

伝えられた本人には知る由もない、関係各所の駆け引き。

上手《うま》い返事も浮かばず、委員長は羞恥から視線を下げる他になかった。

◇◆◇

以降はフランシスカとノラを交えて、自由行動となった。

志水に対する接待という建前もあるが、フランシスカとしては、得体の知れない異能力者のメンタル保全、という意味合いも強かった。西野やガブリエラの協力が得られている内に、多少なりともイニシアチブを握りたいと気を焦らせている。

訪れた先はタモン地区に所在する高級ホテルのスイートルームだ。ベッドルームだけでも三つ。広々としたカウンターキッチンの付いたリビングダイニング。更にはバーカウンターやトリートメントルームまでもが設《しつら》えられている。

リビングは五百平米を超えるテラスに面しており、そちらにはプライベートプールやバーベキューなどが行える屋外ダイニングなどが窺《うかが》える。また、その先には延々とグアムの海が広がっており、見渡す限りのオーシャンビューが楽しめる。

そんな界隈《かいわい》でも随一の客室を眺めて、ローズがフランシスカに言った。

「貴方《あなた》の言うお饗《もて》なしというのは、いつも代わり映えしないわねぇ」

「この島では一番お高い部屋らしいけれど、文句があるのかしら？」

「何でもかんでも高ければいいという訳ではないでしょうに」

「だとしても、安っぽいよりは断然マシでしょう？」

現在、彼女たちは屋外のダイニングで遅めの昼食を楽しんでいる。

献立はバーベキュー。

プールサイドで好き勝手に肉や魚介などを焼いている。

「よくまあ、事前予約もなしに押さえラレたものです」

「ちょうど前のお客がチェックアウトした直後だったのよねぇ」

「次に控えていた客はどうした？」

「さぁ？　それはホテルがどうにかするんじゃないかしらぁ」

「相変わらず悪いことばかりしているオバサンよねぇ」

「貴方も片棒を担いでいるのだから、自覚を持って欲しいわね」

ガブリエラと西野《にしの》からの追及にも、フランシスカは素知らぬ顔で語る。

無自覚を装う部下は、やれやれだと言わんばかりの態度だ。

グリルの上でジュウジュウと音を立てて焼かれる肉や魚介は、フランシスカの急な横槍《よこやり》に対して、ホテルの従業員一同が頑張った成果だった。悪いオバサンとその知り合い一同は、ああだこうだと軽口を叩《たた》きながら、これを美味《おい》しく頂いている。

ダイニングテーブルの上には高そうなシャンパンや、綺麗《きれい》にカットされたフルーツなどが盛り付けられている。陽光を反射してキラキラと輝くプライベートプールの傍《かたわ》ら、これを楽しむ姿は、金持ちのバカンスを絵に描いたかのようだ。

「…………」

小市民の委員長としては否《いや》が応《おう》でも緊張してしまう。

グリルに載っているお肉など、彼女の感覚からすればステーキ。分厚い霜降り肉がジュウジュウと油を垂らしながら、ガブリエラの手により適当に焼かれている。彼女にとってはお肉の無駄遣い以外の何物でもない光景だ。

しかし、周囲の環境に圧倒されて、その事実に意見することも憚《はばか》られる。

ローズの言葉ではないが、以前もどこぞのホテルの高級スイートで、終始身を強張《こわば》らせていた。好き勝手にくつろぐ他の面々に対して、引け目を感じている彼女だ。居場所がなくて落ち着かない感じ。

そこで志水《しみず》は会話の相手を他に求めることにした。

意識が向かったのはノラだ。

グリルの傍《かたわ》らで、何をするでもなく網の上の肉を眺めている。

傍目《はため》にも意気消沈。

ただそこに居るだけの状態。

食事にもほとんど手を付けていない。

パパから化け物呼ばわりされて以来、ずっとこの調子だ。

「ねぇ、ちょっといい？」

「…………」

フランシスカは何かと気にかけているが、本人には他者と会話をする意思がないらしく、碌《ろく》に返事も戻ってこない。そうして一方通行なやり取りを何度か繰り返した結果、テラスで置物と化してしまったノラである。

その姿が、委員長としては気に入らなかった。

「私の声が聞こえないの？」

「……なに？」

何故《なぜ》ならば彼女のせいで、修学旅行が一日潰れてしまった志水である。

せめて一言くらいは謝罪を引き出してやろうと、一歩を踏み出す。

それがフランシスカの為《ため》にもなれば、などと考えての歩み寄りだ。

「他人には酷《ひど》いことをしておいて、自分がちょっと傷ついたら被害者面とか、人としてどうかと思わない？　貴方《あなた》はそういう態度をいつまで続けるつもりなの？　むしろこの場だと、貴方は誰に対しても加害者なのに」

「…………」

ノラの備えた力に遠慮して、強く言えないフランシスカ。

彼女に代わり一発ビシッと言ってみせる。

再び恐慌状態に陥って拳銃を振り回す羽目になっても、銃口が向かうのはローズだから問題ないだろうと考えた志水だ。海でサメに襲われた際と同様、混乱している間のことは鮮明に覚えていた。

隣のクラスの金髪ロリータが備えた圧倒的な耐久力については、委員長も西野《にしの》やフランシスカから話を聞いていた。過去には切断された腕をニョキニョキと生やすシーンも目撃している。最悪、西野が止めてくれるだろうとも。

結果として先方からは素直な反応があった。

「また、恐怖に駆られて、取り乱しますか？」

「そういう貴方こそ、また私に撃たれたいの？」

「っ……」

志水《しみず》の太ももには依然として、拳銃が括《くく》り付《つ》けられている。

その事実を思い起こして、ノラの表情が強張《こわば》りを見せた。

委員長としては、率先して撃とうなどとは考えていない。しかし、直近で頭部を掠《かす》めた実績は、先方に決して小さくないプレッシャーを与えていた。余所目にも扱い慣れていない感じが、殊更に不安を煽《あお》る物言いである。

「私、貴方《あなた》のせいで修学旅行が散々なんだけど」

「…………」

相手の目をジッと見つめて、委員長はマジ顔で言った。

割と本気で残念に思っている。

自《おの》ずと相手を見つめる眼差《まなざ》しも厳しいものに。

だからだろうか、これにはノラも彼女に対して向き直った。

「ごめんなさい」

しばらくして、その口からはボソリと謝罪の声が漏れた。

ペコリと頭を下げて発せられたのは素直な謝罪の言葉。

これを受けて志水は、すぐに頷《うなず》いて応じた。

「うん。ちゃんと謝ってくれるなら、それでいいよ」

「……え？」

呆気《あっけ》なく得られた承諾を耳にして、ノラからは疑問の声が漏れた。

今しがたの強引な絡みと比較しては、真逆の快諾。苛立《いらだ》ちを顕《あらわ》にしていたのも束《つか》の間《ま》のこと。先方からの謝罪を受けて、委員長の面持ちには静けさが戻る。更に彼女は戸惑いの表情を見せる先方に対して、粛々と言葉を続けた。

「その代わりに、私と友達になってもらえないかな？」

「友達？　それは、どういうこと？」

一連のやり取りは日本語でのこと。

ノラは自らの耳を疑った。

単語や慣用句を聞き間違えたのではないかと。

けれど、それを否定するように志水は言葉を続けた。

「もちろん、嫌だったら無理にとは言わないけど……」

ショッピングモールで拉致されてから西野《にしの》たちと再会するまでの間、委員長は彼女と英語で交わしたやり取りについて、確かな手応えを覚えていた。自分でも頑張れば、相手を選んだのなら、英語でコミュニケーションができるのだと。

ホステージ、プロボーク。

分からない単語の意味も、尋ねたら意外と丁寧に教えてくれた経緯がある。

一連の出来事が今、志水に一歩を踏み出させていた。

修学旅行を一日台無しにして、それでも欲する人間関係。自身の拙い英会話に遠慮なく付き合わせることができる、ネイティブで同世代かつ同性の友人。それはこれまでにも、委員長が欲して止《や》まなかった人材だ。

ここ最近はインターネットを利用すれば、遠く離れた相手とも会話が可能。銃で脅されて拉致された上、修学旅行まで大変なことになったのだから、少しくらいは協力してもらってもいいわよね、云々《うんぬん》、内心では言い訳を重ねている。

目前に立った褐色肌の小柄な少女を、彼女は英会話の教師役に選んだ。

修学旅行のお土産としては、これ以上ない代物だろう。

「…………」

他方、ノラとしてみれば、なんかちょっと嬉《うれ》しい感じ。

母親と死別して、父親に拒絶されて、訳の分からない力に絶賛翻弄され中。それでも歩み寄ってきた同世代の女。しかも銃を突きつけた上、自分が一方的に攫《さら》っていた相手。それが友達になろうと、勝手に手を差し出してきた。

今まさにシクシクと傷んでいた心には、これがまた心地よく響いた。

ちょっとした軽口も、むしろ自らを励ます為《ため》の文句のように聞こえてくる。

だからだろうか、彼女の心は委員長の想像を超えて容易に傾いた。

結果、各々の思惑はさておいて、ここに国境を越えた交友が結ばれる。

「……友達、お願いします」

「本当？」

「本当」

「聞き間違えじゃなくて？」

「間違えじゃない」

「……だったら、あの、よ、よろしくね？」

ニコリと笑みを浮かべて、志水《しみず》は先方に手を差し伸べる。

ノラはこれを素直にギュッと握った。

先方の即断に戸惑いつつも、してやったりの委員長である。

伊達《だて》に東京外国語大学を目指していない。

フランシスカからすれば、志水グッジョブだった。シャンパンを片手に一連のやり取りを眺めていた彼女は、この様子なら当面は大丈夫そうね、とミサイル暴発の危機が幾分か遠退《とおの》いたことに安堵《あんど》の笑みを浮かべる。

そうした心中を察したのか、直後には部下から突っ込みが入った。

「貴方《あなた》より余程のこと肝が据わっているわね、フランシスカ」

「ローズちゃんもこれくらい頼《たよ》り甲斐《がい》があると嬉《うれ》しいのだけれど」

「次に何かあったら、偶然を装って見捨ててもいいかしら？」

「そういった意味だと、貴方の後継者は私のすぐ目の前にいるのよねぇ」

フランシスカとローズの間では不毛な会話が繰り返される。

ところで、委員長とノラの間で交わされたやり取りは、これがまた青春っぽい響きが感じられた。少なくとも皮肉を浴びせ合うブロンドの主従とは雲泥の差。手と手を握り合う光景は、学園ドラマのワンシーンさながら。

こうなると、黙って見ていられない男がいた。

そう、西野《にしの》である。

「父親の扱いについて、伝えておきたいことがある」

「……パパが、なに？」

「物騒な話題のようなら、場所を変えてもらえると嬉しいわぁ」

彼はノラとフランシスカを交互に見やりながら言葉を続けた。

せっかく志水がいい感じに前者のメンタルを収めつつあった局面。できることなら、このまま穏便に過ごしたいというのが、後者の偽りない本音である。フツメンのコミュ障具合は、彼女も重々承知している。

「あの男の身柄はアンタの下で確保しておいて欲しい、フランシスカ」

「本気で言っているの？」

「それで今回のアンタに対する貸し借りは無しだ」

「……ふぅん？」

フランシスカとしては、決して悪くない提案だった。

今回の騒動に対する西野《にしの》のスタンスは、ローズに対する一方的な助力だと、事前に本人から聞いていた彼女である。しかし、そうは言っても対価がゼロというのは収まりがよくない。今後、何かの引き合いに出されても面倒だ。

そうして考えると、この場で決着しておくことには意味があった。ノラの父親と一緒にいた包帯巻きの男を利用すれば、決して無理ということもないわね、とはフランシスカの脳裏で弾《はじ》かれたそろばんである。

けれど、素直に頷《うなず》くのも癪《しやく》なので、彼女は軽くフツメンを煽《あお》る。

「人間大のサイズで自律稼働する上、発射された複数のミサイルを地上から同時に撃ち落とすような兵器、他所《よそ》で借りたらどれくらいの費用がかかるかしら。後で見返りを求められても、無い袖は振れないわよ？」

「今伝えた条件だけで十分だ。それとも足りていないか？」

こうしたやり取りが、西野のシニカルな感性を日々磨き上げている。

委員長的には、それ、止《や》めてくれないかなぁ、と思うばかり。しかし、まさかフランシスカにまで指摘の声を上げることはできない。本来であれば突っ込みを入れるべき状況、志水《しみず》は西野調教プロジェクトに基づくアクションを自重した。

「まあ、いいわよぉ？　そういうことなら提案を受けてあげる」

「それは幸いだ」

想定外の利益を得たことで、内心ガッツポーズのオバサンである。

直後には二人の会話を耳にして、ノラから疑問の声が上がった。

「私のパパ、どうするつもり？」

「安心するといい。決して悪いようにはしない」

彼女に向き直ったフツメンは、偉そうに講釈を垂れる。

これまた上から目線の説教トークだ。

「見たところアンタの父親は三十もそこそこ。家族との関係を決めるには、あまりにも若い。人の心など容易に移り変わる。だからこそ娘であるアンタは、決して今を悲観することなく、自らの将来をより良いものにする為《ため》に時間を使うべきだ」

「…………」

志水とノラの間で交わされていた青臭い会話。これに交ざりたくて仕方がなかった西野である。その為にフランシスカへ差し出した対価は、差し出された側にして破格。しかしながら、その事実をノラが知るのは、もう少しだけ先のこと。

彼女からは、コイツは何言っているんだ？みたいな視線が向けられた。

抽象的な物言いを好むフツメンの発言は、いつも混乱の元だ。

けれど、そういうのが好きなのだから仕方がない。

一方的に諭されたノラは、後でフランシスカに確認しようと決めた。

「ところで皆さん、喋《しゃべ》ってばかりではなく、焼くのも手伝って下さい。最初は楽しかったのですけレど、段々と不公平な感じがしてきました。あと、そこにあるシャンパン、ちゃんと私の分も取っておいて下さい」

そうこうしていると、別所から彼らに向けて声が掛かった。

バーベキューと聞いて、我先にとトングを手にしたガブリエラだ。

どうやらこの手の催しには経験が浅いようで、嬉々《きき》としてお肉を焼いていた。

けれど、それも段々と疲れ始めたようである。

「だったら私が代わるから、それちょっと貸してもらえないかな」

「ありがとうございます。貴方《あなた》なラ安心して任せラレますね」

ここぞとばかりに手を上げた委員長が、代わりにトングを受け取る。

高級なお肉をこれ以上、無残に焼いてはなるまいと立候補。そこはかとなく経験者を装うガブちゃんの発言に、思うところがないでもない志水《しみず》だが、ここは素直にバトンタッチ。

テキパキと肉やら魚やらを焼いていく。

志水がグリルに立ったことで、料理は一気にクオリティアップ。

その傍《かたわ》らにフランシスカが歩み寄ってきた。

耳元に寄せて、周囲には響かないように声が届けられる。

「ところで、志水ちゃんに相談したいことがあるのだけれど」

「なんですか？」

「今晩、ここで彼女と交友を深めてもらえないかしら？」

「え、あの、それって……」

「もちろんバイト代は弾むから。というより、貴方の言い値で構わないから」

「…………」

フランシスカの発言の意図はなんとなく理解している委員長だ。

けれど、その飾りっ気のない物言いも手伝ってだろう。

まるで売春を持ちかけられたかのような気分の志水だった。

◇　◆　◇

翌日、修学旅行も最終日を迎えた西野《にしの》たちは、空港に集合していた。

残すところ旅行の行程も帰路のフライトのみ。大きな荷物を手にして、待ち合いロビーに集まった生徒たちは、誰もが名残惜しそうに旅の思い出を学友と語らい合う。もっと遊びたかっただ何だと、そこかしこから聞こえてくる。

そして、これは西野《にしの》たちのグループも例外ではない。

「グアム、マジ最高じゃない？　もっと遊んでたいんだけど」

「そういえば、松浦《まつうら》さんは昨日あれから何してたの？」

「え？　気になる？　気になっちゃうの？　委員長ってば」

「……やっぱりいい」

「西野君に沢山お小遣いもらったからね。荻野《おぎの》と一緒に遊んでたよ」

松浦さんも上機嫌だ。今朝方ホテルで合流してから笑みが絶えない。

今回の修学旅行が如何《いか》に素晴らしいものであったか、誰も尋ねていないのに嬉々《きき》として語り始める。同じグループに所属している為《ため》、何かにつけて話しかけられる委員長としては、ちょっとウザいわね、と感じてしまうほど。

「っていうか、委員長こそ旅行中に外泊とかハメ外し過ぎじゃない？」

「そ、それは言わないでって言ったでしょ？」

フランシスカの要請も手伝い、宿泊先をノラと共にしていた西野たちだ。

オバサンによる接待を終えてからホテルに戻ったのは明朝のこと。

ルームメイトには事前に連絡を入れていたとはいえ、その事実は彼女たちの間で多少なりともインパクトのある出来事であった。相手がフツメンとあらば、松浦さん的には志水《しみず》をからかわない手はない。

「やっぱり、西野君とヤッちゃったの？」

「ぶっ……」

人目も多い空港のロビー。周囲には帰りのフライトを待つ生徒が詰めかけていることも手伝い、委員長は吹き出すのを堪《こら》えきれなかった。直後、それはもう大慌てとなり、松浦さんからの問いかけを否定する羽目となる。

「そ、そんな訳ないでしょ!?」

西野のことを意識しているのは事実だ。

しかし、クラスメイトの前でカミングアウトする勇気はなかった。

「そうなの？　だけど西野君、めっちゃイキって出ていったし」

「ちょっと待ってよ、それってどういうこと？」

「どういうことも何も、昨日ショッピングモールの別れ際に……」

さも委員長と逢引《あいびき》に向かわんばかりの言動で、ショッピングモールを去っていったフツメンである。松浦さんからすれば、今の問いかけは割と本気だ。むしろ、あの状況で何もない方がおかしいと訴えんばかり。

『委員長とちょっと、な』

『一方的にすまない。用事を終え次第、こちらから連絡を入れる』

とかなんとか。

高額のお小遣いを一方的に握らされた上、昨晩は教師の見回りに対するお泊り工作まで頼まれた松浦《まつうら》さんである。朝チュンは免れまいと考えていた。まさか拉致監禁の上、その犯人の懐柔工作を任されていたとは、夢にも思わない。

「え？　えっ？　委員長、今の話ってどういうこと？」

松浦さんとのやり取りを聞きつけて、リサちゃんが首を突っ込んできた。

未《いま》だに志水《しみず》を意識して止《や》まない彼女としては、黙っていられない委員長の下半身事情。しかも気になるお相手は、自らが恋愛相談を行った相手ときたものだ。付き合い始めたタイミング次第では、フツメンをとっちめてやらねば気がすまない。

「ちょっと待ってよ、本当に何にもないから！」

「だけど今、外泊とか聞こえてきたよ？」

「それは別に用事があったの。こっちで偶然知り合いに会って……」

必死になる委員長の傍《かたわ》ら、西野《にしの》はノーコメント。

満更でもない面持ちで聞こえない振り。

本人の主観としては、恋バナに参加しているつもりだから質《たち》が悪い。

昨日は委員長の警護も兼ねて、同じホテルの部屋に宿泊していたフツメンである。ついでにローズとガブリエラの二人も、彼に追従して宿泊先を共にしていた。クラスメイトからすれば、修学旅行を抜け出してのお泊りデートに他ならない。

ただ、そうしたやり取りも束《つか》の間《ま》のこと、空港のホールに響く声があった。

「ニシノ！　ニシノ！」

出処《でどころ》は彼らと同じか少しだけ幼く映る褐色肌の女の子。

今朝にも別れたばかりの人物。

ノラである。

二年A組の面々が連なった一角に向かい、彼女は駆け足でやってきた。

そして、自ら名を呼んだ人物の正面に立つ。

これには委員長たちも、交わす言葉を途切れさせて注目した。フツメンの姓がかなり大きな声で呼ばれたこともあり、他に居合わせた生徒たちも何がどうしたと、向かい合う二人に視線を向け始める。

「こんなところまでやって来てどうした？　挨拶は朝にも済ませたと思うが」

「先程、貴方《あなた》が私の父親の身柄を助けてくれたと、あの女から聞きました」

西野からノラに対する問いかけは英語だった。流暢《りゅうちょう》な巻き舌による発声は、周囲へ示すかのように格好《かっこ》つけているとしか思えない。居合わせた皆々は一様にイラッとした。現代日本における英語教育の弊害である。

しかし、会話の相手となる少女から発せられたのも、これまたネイティブな響きの英語であったから、直後には胸の内に湛《たた》えた苛立《いらだ》ちにモニョモニョする羽目となる。先月辺りまで志水《しみず》が抱えていたものと同じ感情だ。

「どうして私のパパを庇《かば》ってくれたのですか？」

「アンタに偉そうに語った手前、見捨てる訳にはいかなかったのでな」

「代わりに途方もない報酬を手放した、とも伝えられましたが」

「なに、そう大した額じゃない」

ふと気になった西野《にしの》が周囲の様子を窺《うかが》うと、少し離れてノラが言うあの女、フランシスカの姿が目に入った。彼女は彼と目が合うと、小さく腕を上げて応じる。彼女に頼み込んで、土壇場で空港までやって来たのだろう。

シニカルを気取るフツメンの面前、ノラは頭を下げた。

「ありがとうございます」

頭の天辺《てっぺん》が窺《うかが》えるほど、深々と腰を曲げてのお辞儀だった。

これには居合わせた生徒たちもビックリだ。何がどうしたとばかり、二人に向けて殊更に注目が集まる。また西野のヤツが誰かに迷惑をかけたのか、とは事情を知らないクラスメイト一同の勘ぐりである。

「貴方《あなた》のおかげで、私は、唯一の家族を失わずに済みました……」

「そうは言っても父親とは当面、離れ離れになるだろう」

「だとしても、生きているという事実は、とても大きなものです」

「……そうか」

ノラの声色に僅かながら嗚咽《おえつ》が交じる。

本人から直接、拒絶の言葉を与えられても尚《なお》、彼女にとっての父親とは、決して無視できない存在であったようだ。そうでなければ、わざわざ空港まで押しかけたりもしないだろう、とはフツメンの勝手な想像である。

「…………」

感極まった様子の先方に、西野は返事をしようとした。

気にするな、こちらが勝手にやったことだ、云々《うんぬん》。

喉元まで出かかったのは、平素からの突《つ》っ慳貪《けんどん》な物言い。相手からちょいと視線を外して、両手をズボンのポッケに突っ込み、踵《きびす》を返しつつ語るのが格好《かっこ》いいのだと信じて止《や》まないフツメンである。

そんな彼の脳裏で、不意に思い起こされる事柄があった。

どのような事柄かと言えば、西野調教プロジェクトの存在。

その一環として委員長から伝えられた言葉である。

『西野君、また他の人のこと軽く扱ってない？』

『もう少し優しく言ったほうが、絶対にいいと思うんだけど』

突き放すような物言いが常であった彼が、珍しくも続く言葉を躊躇《ちゅうちょ》する。

同時に過去の過ちを振り返った。
そして、思い至る。
今この瞬間こそ、委員長からの教示に従うべき瞬間ではなかろうか、と。
本人が見ている前、施された教育の成果を示すには、絶好の機会である。
そこで西野《にしの》はノラに対して優しく接することにした。
「大丈夫だ、アンタは一人じゃない。これからも頼ってくれて構わない」
「っ……」
短く呟《つぶや》いて、フツメンは彼女の身体《からだ》を正面からギュッと抱きしめた。
腕が触れるのに応じて、ノラはビクリを身体を強張《こわば》らせる。
しかし、嫌がる素振りは見られなかった。
それどころか次の瞬間には、自ら両腕を西野の背中に回して応じた。
「なっ……」
驚くように上がった声は、果たして誰のものか。
西野なりの優しさが、旅の終わりを告げる空港のロビーで炸裂《さくれつ》した。
相手はよくよく見てみると、交流会で顔を合わせた現地の学生さん。
居合わせた生徒たちも覚えのある、可愛《かわい》らしい顔立ちの女の子。
そうした配役も手伝い、映画のラストシーンを彷彿《ほうふつ》とさせる光景だった。

「もしも今後、アンタをここまで連れてきた女が面倒なことを言い出したら、こちらへ連絡を入れるといい。乗りかかった船だ、そのときは力になろう。委員長もそちらのことは、どうやら気に入っているようだしな」

「……委員長？」

「昨日、アンタが拉致した女だ」

それでも圧倒的に足りていない男優の顔面偏差値が、観衆一同の不快を誘う。本来であればイケメンが担うべきアクション。これを演じているのは、クラスに一人と言わず、何人も存在している凡夫にして、学内カーストの最下層を担うフツメン。

甚だ不本意な光景が、現場を共にしている生徒たちを等しくイラッとさせた。

一部の生徒はフツメンの発した英語を理解して、殊更に眉をひそめる。

字幕が付いていたのなら、学友からの突っ込みは免れない会話だった。

「彼女は貴方《あなた》の大切な人だったのでしょうか？」

「大切には違いない。だが、終わったことだ。気にする必要はない」

居合わせた二年A組の生徒たちは、面前で繰り広げられる舞台劇さながらのやり取りを目の当たりにして、驚愕《きょうがく》と苛立《いらだ》ちにメンタルを痺《しび》れさせる。どうして西野《にしの》なんかが、現地の女の子といい雰囲気になっているのかと。

荻野《おぎの》君、松浦《まつうら》さんに続いて敢行された、委員長によるレッスンの集大成。当事者からすれば、成功と言えなくもない西野調教プロジェクト。異国の美少女は満更でもない面持ちで、フツメンのことを見つめていた。

しかし、志水《しみず》としては完全に見当違いな着地である。

「…………」

たしかにそうだけど、そうじゃない。

どうしてこういう状況に限って。

っていうか、私のときだってそこまではしていないわよね。

声にならない思いが、委員長の胸内に溢《あふ》れていく。

こうなると彼女もモニョる他にない。

自ら発起した西野調教プロジェクトに見事足を掬《すく》われた委員長だった。

二人の会話は以降しばらく、機体への搭乗案内が流れるまで続けられた。

◇

◆

◇

空港でノラと別れた西野たちは、間もなくグアムの空港から飛び立った。

修学旅行も残すところ、帰りのフライトが四時間ほど。

後はただ席に座っていれば、解散場所となる空港に到着だ。

旅行の思い出を振り返って賑《にぎ》やかに会話を楽しむ生徒もいれば、疲れ果てて眠る生徒も見受けられる。教師一同は無事に過ぎていった旅中を思い、今年も肩の荷が下りたとばかり、ホッと一息ついている。

昨日、ホテルのお高い客室で栄養満点の食事を摂《と》り、ふかふかのベッドでグッスリと眠った委員長は、依然として活力に溢《あふ》れている。帰りの便でもお喋《しゃべ》りは弾み、機内サービスも率先して楽しんでしまう。

キャビンアテンダントがワゴンを押して訪れたのなら、毎回のようにドリンクサービスにも手を出してしまった。だからだろうか、あと三十分もすれば到着という頃になって、お小水を催してきた。

いそいそと席を立った彼女はトイレに駆け込む。

そうして出すものを出した後、自席に戻らんとした直後のこと。

「あっ、委員長もトイレだったんだ」

通路を彼女の側《そば》に向かい歩み来る生徒の姿があった。

手にしたハンカチをポケットに押し込みつつ、委員長はこれに応じる。

「っていうと、リサも？」

「ちょっとドリンク飲みすぎちゃったよー」

「飛行機とか滅多《めった》に乗らないから、ついつい頼んじゃうよね」

「そうそう、色々と頼んでみたくなっちゃうんだよねぇ」

トイレの正面から脇に少しずれて、その場で言葉を交わす。

帰りのフライトでは席が離れていた二人である。自由行動のグループを異にしていたことで、旅中の接点は学内ほど多くはなかった。昨日は丸っと顔を合わせていなかったことも手伝い、話題も積もっていると思われた。

「ところで、旅行中の一部男子ってば、ヤバくなかった？」

「もしかして、リサのところにも来てたとか？」

「三人くらい来たよ。しかも振られたのに気持ちいい笑顔で去ってくの」

「そ、そう？　なんか大変だったみたいだね」

「そういう委員長は、西野《にしの》君とどうだったの？」

「えっ？」

「空港で松浦《まつうら》さんが言ってたじゃん。二人でホテルから抜け出したって」

「あぁ……」

リサちゃん的には、これが本題だった。

空港のロビーにノラが飛び込んできたことで、有耶無耶《うやむや》になっていた西野と志水《しみず》の抜け駆け。実際には一方的な拉致被害と、その逆転劇。しかも途中からはローズとガブリエラが同行しており、二人きりになるようなシーンは一秒もなかった委員長だ。

だが、志水《しみず》は一連の出来事を誰にも説明していなかった。

万が一にも教師の耳に入っては、内申点の低下は免れない騒動である。ただでさえ試験の点数が振るわない昨今、教師の心象まで悪くなるようなことは、絶対に避けたい委員長であった。

そうした負い目からくる隠し事が、ここへ来て彼女に牙を向いた。

「……委員長、西野《にしの》君のこと好きなの？」

「っ……」

リサちゃんから志水に対して確認が入った。

ドリンクを飲み過ぎたというのは、委員長に接近する為《ため》の方便である。催していたりもしない。空港のロビーでのやり取りを受けて、居ても立っても居られずに、その背中を追いかけてしまったリサちゃんだ。

「べ、別に西野君のこととか、なんとも思ってないし！」

「そうなの？」

「そうに決まってるでしょ？　勘違いしないでよ、リサ」

ところで機内には、委員長より一足先にトイレへ立った生徒がいた。

その人物は彼女が入ったところの、すぐ近くの個室にイン。

そして、今まさに外へ出ようとしていた。

他の誰でもない、西野である。

「…………」

飛行機のエンジン音が絶え間なく響く機内。

それでも二人の会話の声は、ドア越しにしっかりと彼に届けられる。

「最近、委員長ってば西野君と接点多くない？　修学旅行もそうだし」

「だとしても、西野君はないから！　ほ、他に気になる人がいるし！」

「え、そうなの？」

リサちゃんに図星を指されたことで、志水の口からは出任せが並ぶ。

旅中に敢行した西野調教プロジェクトも見事に失敗。

グアムの空港では他の誰よりも目立っていたフツメン。

その姿を思い起こすと、彼に対する好意をクラスメイトに吐露する勇気は、たとえ相手がリサちゃんであったとしても、今の委員長にはなかった。だって恥ずかしい、そんな自らの気持ちに、決して嘘《うそ》はつけない彼女である。

場合によっては、今後の学校生活にも支障を来すだろう。そうなれば受験に対しても無視できない障害となる。恋愛に現《うつつ》を抜かして将来をふいにするような真似《まね》を、賢い委員長は決してするまいと心に決めていた。

一方で薄いドア一枚を隔てたトイレ内、西野は誰に言うでもなく呟《つぶや》く。

「……そう、だったのか」

ボソリと小さく溢《あふ》れた驚きは、本人以外、他者に届くことはない。

これまた青春っぽい出来事だ。

予期せずラブコメしてしまったフツメンである。

しかし、ドア越しに呆《ほう》ける彼は、その事実を楽しむことができなかった。

〈あとがき〉

お世話になっております、ぶんころりです。本巻ではガブリエラの登場以来、久しぶりの旅行回とさせて頂きました。学校という枠組みから離れて、水を得た魚のように動き回るフツメン、少しでも楽しんで頂けましたら幸いです。

ところで今回は、本作をお手に取って下さる皆様に重要なお知らせがございます。

本作は続く十三巻でシリーズ完結の予定となります。

一つの物語として綺麗《きれい》に終わらせることを目標に、最後の一文字まで頑張っていきたいと思いますので、どうか皆様、お付き合いを頂けましたら嬉《うれ》しく存じます。西野《にしの》とローズ、ガブリエラの関係も決着する予定です。

そして、このような状況であっても、追加でヒロインを登場させたい、という私の無茶な要求に対して、とても素敵なデザインをご提案して下さった『またのんき▼』先生におかれましては、深くお礼を申し上げたく存じます。ひと目見て、南の島の女の子、といった雰囲気を感じさせるノラ氏、とても可愛《かわい》らしゅうございます。

また、他のキャラに関しましても新たに衣服のデザインを起こして下さり、大変嬉しく感じております。取り分けカバーでも活躍の見られる二人組、最高でございます。肌の露出が多いローズに対して、清楚《せいそ》なワンピース姿のガブリエラという対比が堪《たま》りません。

口絵や挿絵では、背景や小物、モブに至るまで細かに入れ込んで下さり、本当にありがとうございます。テキスト中では細かな指定を入れさせて頂くことが多いフツメンの服装に至るまで、いつも丁寧に仕上げて下さり、とても嬉しく感じております。

こちらの流れで謝辞とさせて下さい。

まずは何より本作をお手に取って下さる皆様、一巻から変わらぬご愛顧を頂いておりますこと、誠にありがとうございます。こうして長らく連載を続けてこれたのも、ひとえに皆様から頂いております応援の賜物でございます。

担当編集O様、S様及びMF文庫J編集部の皆様には、ご多忙のところ微に入り細に入りサポートを頂きましたこと、心よりお礼申し上げます。完結を見据えながらも、各種施策に取り組んで下さること感謝の極みにございます。

校正や営業、デザイナー、翻訳の皆様、本作をお店に並べて下さる全国の書店様、電子書籍のウェブ販売店様、応援を下さいます関係各所の皆様には、作品の企画が始まった当時から、手厚いご支援を頂いておりますこと、今後とも絶えず感謝していきたく存じます。

カクヨム発、MF文庫Jの『西野』を何卒《なにとぞ》よろしくお願い致します。

（ぶんころり）